追放された元令嬢、森で拾った皇子に溺愛され聖女に目覚める

もよりや

B's-LOG BUNKO
ビーズログ文庫

イラスト／茲助

contents

キャナリー
マレット子爵家の養女。
元々は、訳あって森出身の庶民。
食べることと歌うことが大好き！
ジェラルド
グリフィン帝国の第三皇子。
とある目的でダグラス王国
方面へやってきた。
大怪我を負った際に、キャ
ナリーに救われ……？
人物紹介

ランドルフ
ダグラス王国の王太子。
キャナリーを妃に選ぼうとするが……？
アルヴィン
ジェラルドの従者。
突出した才能を持つ神官。
ラミア
キャナリーの育ての親。
森に住む薬売り。
歌姫たち
ブレンダ
レイチェル
エミリー

この世界には、神話があった。
遥《はる》かいにしえの時代、大地に人間と獣《けもの》が満ち始めたころ。
歌と音楽を愛する女神《めがみ》イズーナが、人間を治めるために力を持つ王族と皇族を。
海を治めるために、竜《りゅう》の一族を。
魔物《まもの》を治めるために、聖獣《せいじゅう》を。
空を治めるために、翼《つばさ》の一族を創造した。

そしてその神話は、今もなお伝説の物語ではなく、真実として語《かた》り継《つ》がれ、人々の暮らしの中に息づいている——。

第一章 キャナリーと不愉快な仲間たち

「キャナリー、俺と一緒《いっしょ》にいてほしい」

いきなりどうしたのか、目の前の彼――ジェラルドが真剣《しんけん》な目をしてそう言った。

ジェラルドの深く青い瞳《ひとみ》に見つめられると、何も言葉が出なくなってしまう。

一緒にと言われても、森の家に帰ってきてたった数日で、まだまだ家の片づけなどやることがたくさんあるのだけど……とキャナリーは現実逃避《とうひ》をした。

なぜならまったく頭が追いつかないからだ。

ジェラルドとは、つい先日出会ったばかりである。

出会うといっても、森の中で拾ったようなものなので、身元も何もわからないのだけど。

とにかく真意を探《さぐ》ろうと、ジェラルドに問いかける。

「ど、どうしたの？　ジェラルド」

「俺の剣《けん》の主《あるじ》は、きみだ。危険があった時には、俺は何よりもまず、キャナリーを守る」

「え？　ええ？」

わけがわからず動揺《どうよう》しているキャナリーの手を摑《つか》み、ジェラルドが突然《とつぜん》引いた。

「きゃっ」

　すると、勢いで彼の胸の中にぽすんと収まってしまう。

　そのままジェラルドはぎゅっとキャナリーを抱き締《だし》め、

「だから、俺と一緒にいてくれ――」

　と、耳元で囁《ささや》いた。

　突然のことに、キャナリーの鼓動《こどう》は速くなる。

（……いや、だからなんでいきなりこんなことに⁉）

　まさか森に帰ってきたらこんな展開が待ち受けているなんて、誰《だれ》が想像できただろうか。

　火照《ほて》る顔を押さえながら、キャナリーはまだ自分が令嬢だった、数日前のことを思い返していた――。

✦

「今日はいよいよ、歌唱団員の中から歌姫《うたひめ》が発表されますわね！　わたくし緊張《きんちょう》して、昨晩は眠《ねむ》れませんでしたわ」

「わたくしも震《ふる》えてしまって。だって歌姫に選ばれれば、聖女候補、お妃《きさき》さま候補、ということですものね」

ここは王宮の一角にある大広間。

そこに着飾《きかざ》った五十人ほどの令嬢《れいじょう》が、様々な噂《うわさ》を口にし、頰《ほお》を火照らせて集っている。

その端《はし》のほうで、キャナリー・マレット子爵《ししゃく》令嬢は、うっとりと素敵《すてき》な味覚の記憶《きおく》に浸《ひた》っていた。

（昨日食べたジャム入りのケーキ、果肉がじゅわっと口の中に広がって、甘酸《あまず》っぱさがしっとりしたスポンジにすごく合ってて、とっても美味《おい》しかった……。早く発表が終わって、お茶の時間にならないかなあ）

ここダグラス王国では、王太子が十八歳になる一年前に、国中から同年代の娘《むすめ》たちを募《つの》り、王立歌唱団に入団させることが伝統となっていた。

なぜなら王の統治する一世代につき一人、『歌によって国を護《まも》る魔法《まほう》を発生させる聖女』が現れるのだそうだ。

この世界では王族は必ず魔力《まりょく》を持って生まれるが、それ以外に魔力を持つ者はかなり少なく珍《めずら》しい。

そこで王立歌唱団が設立された。

歌唱団での練習で魔力持ちを見極《みきわ》め、歌姫を選出する。そして、披露会《ひろうかい》で歌姫に初めて魔法が使えるように施《ほどこ》し、どんな魔法が発生するかを確認《かくにん》するのだ。

歌姫の使う魔法の中に、『国を護る』に値《あたい》するものがあるならば、その者こそが聖女である。

しかし、聖女は身分に関係なく生まれるため、必ずしも歌唱団の中から見つかるわけでもない。だからこそ、歌唱団から無事に王妃《おうひ》に立たせられた例は少ない。

歌唱団で見つからなければ、国中を捜《さが》すことになるが、最終的に見つけられないことがほとんどだ。最後に聖女が見つかったのは、何十年も前だという。

ゆえに、神話のような存在になっていた。

そして本日は、この世代の歌姫が発表される日であった——。

「まずは歌姫に選ばれることが、王妃への第一歩ですわね」

「お妃に選ばれなかった歌姫も、高位貴族に見初《みそ》められる可能性は高いですものね」

令嬢たちの関心は聖女よりも、いかによい婚姻《こんいん》を結ぶかに向いている。

キャナリーはその輪には入らず、綺麗《きれい》に巻かれた髪《かみ》や、そこに光る髪飾《かみかざ》り、揺《ゆ》れるリボンの数々を眺《なが》めていた。

とある事情によって令嬢になったキャナリーにとっては、ここにいること自体が奇跡《きせき》である。

よって、結婚《けっこん》への欲もなければ、歌唱団にいることすら場違《ばちが》いだと思っている。だからキャナリーは、己《おのれ》の使命だけを全うするべくここに立ち、意識は食べ物へ傾《かたむ》いていた。

（くるくる巻いたクリームコロネに、キラキラしたパート・ドゥ・フリュイ。あれは何層

にも重なったミルクレープかしら……駄目《だめ》だわ、お腹《なか》が鳴っちゃいそう）

キャナリーは、そっとお腹を押さえる。

「静粛《せいしゅく》に。全員、揃《そろ》っておりますな」

はっとして顔をそちらに向けると、白い髪と長いひげを持つ老人――イズーナ神殿《しんでん》の大司祭が来ていた。

ざわめいていた広間は、あっという間に静まり、令嬢たちは一列に横に並ぶ。

その前に大司祭とお付きの者が立ち、場は緊張に包まれた。

ごほん、と大司祭は咳払《せきばら》いをした。

「さて。ご令嬢方もご存じのとおり、我が王国では代々、世継《よつ》ぎの王太子が十八歳となられる際に、聖女が現れます」

キャナリーも含め、歌唱団員たちが無言でうなずくと、大司祭は続ける。

「ただしその魔力は声によって現れることもまた、ご存じのとおり。であれば、一見しただけでは、誰が聖女だかわかるはずもありませぬが」

大司祭は懐《ふところ》から、美しい拳《こぶし》大の、赤い宝玉を取り出した。

「魔力に感応し、色づく仕掛《しか》けを施したこの魔吸石《まきゅうせき》。赤いザクロ石のように見えますが、もとは透明《とうめい》だったのですぞ。これを歌の指導をしてきた歌唱団長が、常に懐に所持しておったのです。そして練習中に各々《おのおの》の歌声を聴《き》かせることで、魔力に反応した石が染まっていきました。この石を染めたのは誰なのか、すでにわかっております」

まあっ、と黄色い声が上がり、令嬢たちはざわめいた。

大司祭は言葉を切り、キャナリーたちをぐるりと眺める。

「お静かに願いますぞ。歌姫に選ばれるのはその方ですが、歌唱団で一年間練習してきたのにも意味があります。戴冠《たいかん》の儀式《ぎしき》や新年の儀式において、歌を披露するため。そして何より、魔力の保持者を攫ったり、危害を加えたりしようという不届き者から、王太子殿下《でんか》のお誕生日まで保護するためでもあったのです。何しろ魔力保持者を守ることは、ゴーレムから国を護ることにも繋《つな》がる、大切な国防の一環《いっかん》でもありますからな」

「ゴーレム……」

「ああ、いやだ。その名前を聞くと、ゾッとしますわ」

令嬢たちは、眉《まゆ》をひそめて囁き合う。

ゴーレムというのは国をおびやかすほど恐《おそ》ろしい怪物《かいぶつ》で、過去には王族が魔力で戦ったこともあるらしいのだが、キャナリーは噂話《うわさばなし》で聞いたことしかなかった。

大司祭は一呼吸おいて、重々しく続けた。

「さらには歌姫たちが、貞節《ていせつ》な淑女《しゅくじょ》であるかどうか。悪事など働いてはいないか。そうしたことをも調べる期間が、必要であったのです」

そわそわしている令嬢たちをよそに、キャナリーは一人、冷静に考えていた。

（なるほど。じゃあ、この先も歌唱団員として歌える機会はありそうね。よかった。歌姫にもお妃さまにも興味がないけれど、食べることの次に歌は好きだもの）

大司祭は、キャナリーたち一人一人に、じっくりと視線を注いで言う。

「さて、ではこれより、発表いたしますぞ。嬉《うれ》しいことに、四名もの魔力を持つ歌姫の存在が、確認されました」

誰かがゴクリと息を呑《の》む音が聞こえ、ピンと室内の空気が張《は》り詰《つ》めた。

「まずは……レイチェル・ニコルソン侯爵《こうしゃく》令嬢。まことに、おめでとうございます。次に、エミリー・アダムス伯爵《はくしゃく》令嬢。……期待しておりますぞ。そして、ブレンダ・スレイ伯爵令嬢……」

名前を呼ばれた令嬢は大喜びし、呼ばれない令嬢は青ざめていく。

そして、最後の一人の名前が呼ばれた。

「キャナリー・マレット子爵令嬢。以上の、四名でございます」

「えっ……！　えええええ？　私!?」

キャナリーは目を丸くして、自分を指差してしまったのだった。

「レイチェル様、ご覧になって。キャナリーさんのお皿。すぐに空になっていきますわ」

「すごい勢いですわよねえ。わたくしも、つい眺めてしまいましたわ」

「無理もございませんわ、ブレンダ様、エミリー様。あのように次から次へとお料理をたいらげるなんて、きちんとしたレディにとっては、はしたないことですもの」

ひとつのテーブルを囲む三人の令嬢の目が、一斉《いっせい》に同じ方向に向けられる。

彼女たちの視線の先にいたのは、同じテーブルについている、キャナリーだ。

しかしキャナリーは、それどころではなかった。

目の前に、美味しそうな料理の数々が、湯気を立てていたからだ。

小宮殿《しょうきゅうでん》の一角にある、白を基調にした、豪華《ごうか》で可愛《かわい》らしい内装の一室。

そこで歌姫の顔合わせを兼《か》ねた、昼食会の席についていた。

(んんー、このパン、外側がカリカリで中がふわっふわだわ！　分厚いステーキの肉汁《にくじゅう》が染《し》み込んで、一緒に食べると最高！　それに加えてこの半熟卵が、ソースをまろやか～にしてくれてるし、それにそれにこの葉野菜。なんてみずみずしくて、しゃきしゃきしてるの。きっとすごくいい土の畑で採れたのね。作ってくれた人の腕《うで》もすごいわ)

キャナリーは現在、子爵家の養女になっているので、一応は令嬢だが、実は森の中の一軒家《いっけんや》の出身だ。

薬草作りの名人の、ラミアという老婆《ろうば》に育てられたが、血は繋がっていないらしい。

ラミアはケチで強欲《ごうよく》で、キャナリーをこきつかっていたけれど、なんだかんだ言いながらもキャナリーが十五歳になるまで世話して、育ててくれた。

ただし、死ぬほど貧しい暮らしだったため、キャナリーはいつもお腹を空かせていた。

その感覚は、今も変わっていない。

だからつい、出されたものはなんだって食べてしまうのだ。

それが裕福《ゆうふく》な貴族の令嬢三人には、奇異《きい》に見えるらしかった。

「まあ、あの大きなお肉への食いつき方ったら！」

「魚の皮や、飾《かざ》りの香草まで……あっ、あのおイモを一口で！」

「見ているだけで、めまいがしそう。あんなにぽいぽい口に放り込むなんて、レディにあるまじき不作法ですわ」

三人は、ヒソヒソながらもわざと聞こえるように話すが、キャナリーの全神経は、目の前のとろりとしたスープに向けられている。

（根野菜がたくさん入ってるわね。どれどれ、お味は……おっ、美味しいぃ！　具材に味がしっかり染み込んで、バターがかすかに香って、とろとろでホクホクで、ああもう口にスプーンを運ぶ手が止まらない！）

スープに夢中になっているキャナリーと違《ちが》い、令嬢三人の手はほとんど動いていないようだった。

「そういえばわたくし、噂を聞きましたわ。キャナリーさんは子爵家に来る前、どこぞの森の中にいたとか」

「ええっ！　森暮らしだなんて恐ろしい」

「妖魔《ようま》か、魔獣《まじゅう》の血でも引いていらっしゃるのではないかしら。それで水晶《すいしょう》が反応したのではなくて？」

ほほほほ、と三人は、レースや羽根の扇子《せんす》で口元を隠《かく》して笑う。

確かにキャナリーは、自分の親がどこの誰なのかも知らない。

なぜかキャナリーを引き取りたがり、半年前に養親になった子爵夫妻も、親らしいふるまいはまったくしなかった。礼儀《れいぎ》作法を叩《たた》き込むための、家庭教師をつけただけだ。

だから出自については、何を言われても気にならなかったのだが、キャナリーは不思議になって、思わず尋《たず》ねる。

「あのう。もしかして貴族の方々って、おしゃべりに興じて料理が冷えるまで放っておくのが普通《ふつう》なんですか？」

三人はぐっと言葉に詰まり、こちらを睨《にら》む。

キャナリーはパンのかけらで皿を綺麗にぬぐい、パクリと食べながら言う。

「さっきから、全然食べてないじゃないですか。せっかく美味しいのに冷めちゃって、もったいない」

令嬢たちはキャナリーの質問には答えず、目を逸《そ》らして会話を続ける。

「森出身の偽物《にせもの》令嬢はともかくとして。もしかしたらわたくしたちの中に、聖女がいるか

ておりますの」
「ええ。そう考えると、ワクワクしますわ。わたくしは、レイチェル様ではないかと思っ
もしれませんわよね」
ブレンダの言葉に、あら、とレイチェルは、口元に笑《え》みを浮《う》かべる。
「そうとは限りませんことよ。ブレンダ様もエミリー様も、充分《じゅうぶん》に聖女の可能性があり
ますわ。自分が使える魔法は当日にならないとわかりませんから。それにしてもブレンダ
様の、そのパールのネックレスは素晴《すば》らしいわ」
彼女の視線を追って、キャナリーも目を向ける。
(パールって、貝の中にできるのよね。貝と同じなのに、食べられないなんて不思議。つ
やつやして、キャンディみたいで美味しそう)
キャナリーの心のつぶやきが聞こえるはずもなく、三人はなおも互《たが》いを誉《ほ》め合う。
「私のパールなんて、たいしたものではありませんわ。エミリー様の赤いイヤリングはド
レスにも合っていて、本当に素敵です」
(ラミアが育てていた赤い香辛料《こうしんりょう》に似てるわ。お肉と煮《に》ると美味しいのよね)
思い出し、キャナリーは森でのご飯が恋《こい》しくなった。
「いいえ、なんといっても、お美しいのはレイチェル様ですわ。本日の髪型《かみがた》の、なんて見
事なこと」

（本当に。まるで大きな焼《や》き栗《ぐり》だわ。あれだけ大きかったら、食べごたえがありそう。森でリスと競争して栗拾《くりひろ》いをしていたのが、懐《なつ》かしいわ）

キャナリーが心の中でつぶやき続けている間に、テーブルにはデザートが運ばれてくる。ふっくらした桃色《ももいろ》に、つやつやとろりとした真っ赤なソースのかかった、ベリーのプディングだ。

先ほどの想像でお腹が空いたキャナリーは、喜んでぷるぷるした桃色のプディングをたいらげたのだった。

「キャナリー。わかっていますね。わたくしたちが、なぜあなたを養女にしたのか」

いよいよ王太子殿下を前にした、歌と魔法の披露会の前日。

深夜、養親である子爵夫妻の部屋に呼ばれたキャナリーは、延々と説教されていた。

「あなたが歌姫に選ばれて、ホッとしておりましたけれど。先日のお茶会では、他の歌姫たちと喧嘩《けんか》をしたという噂を聞きましたよ」

喧嘩？　とキャナリーは首を傾《かし》げる。

「何か言われていた気はしますけれど。飛び蹴《げ》りをしたり、殴《なぐ》り合ったりはしていません」

「当たり前だ！」

キッ、と眉をつり上げて、子爵が怒鳴《どな》る。

「殴り合う、などという言葉が出てくることからして、けしからん。貴族の令嬢が考えることではないぞ」

「でも私が貴族ではないことは、お二人ともよくご存じではないですか」

キャナリーが一年半ほど前、ラミアの家から子爵家に引き取られたのは、こちらが希望したことではない。

なぜかキャナリーのことをどうしても養女にしたい、と子爵家が言ってきたのだ。

そのころ、高齢《こうれい》のラミアは長いこと寝込《ね》んでいて、あと数日も生きてはいられないのではないか、という状態だった。身体《からだ》は弱っても、まだはっきりと意識のあったラミアは、子爵家からの申し入れを聞き、こう言った。

『この娘が欲《ほ》しいのかい。そうさのう。最後にたらふくうまい飯を食って、浴びるようにワインが飲みたいのう。それと、腰《こし》が痛くてかなわんから、やわらかい布団《ふとん》が欲しい。わしの望みが叶《かな》うんなら、その娘はくれてやるわい』

性格はともかく、キャナリーを育ててくれたラミアは、いわば大恩人だ。

キャナリーはラミアの、人生最後の望みと引《ひ》き換《か》えに、子爵家の養女になることを了《りょう》承《しょう》した。

ちなみにラミアは、すでに歯はなかったのだが、数日後に亡《な》くなるまでに、シチューとスープをそれぞれ鍋《なべ》に八杯と、ワインを十七本飲み干した。

もしかしたら老衰《ろうすい》ではなく、食べすぎと飲みすぎが死因ではないかと、ちょっと考えたりもしたものだ。

ともあれ、木のベッドに薄《うす》くワラを敷《し》いただけの固い寝床《ねどこ》ではなく、ふかふかの布団でラミアが永遠の眠りにつけたことは確かだし、それについては子爵家に感謝をしている。

だからキャナリーは約束を守らねばと、テーブルマナーも、重くて動きにくいドレスでのダンスレッスンも、半年間必死に学び、歌唱団に入団した。

口ひげをたくわえた、大柄《おおがら》でいかつい顔の子爵は、延々とキャナリーを諭《さと》す。

「貴族出身ではなくとも、歌に魔力はあったのだから、やはり我々の目に間違《まちが》いはなかった。ここまできたら、あと一歩なのだ。いったい、なんのためにお前を養子したと思っている」

「あの、むしろ一度聞きたいと思っていたんです。本当に、いったいなんのために、私を引き取ったんですか？」

尋ねると、マレット子爵夫妻は、目をきらりと光らせた。

「決まっているではありませんか、キャナリー。披露会ではなんとしてでも王太子の心を射止め、王家に嫁入《よめい》りするのです。それが無理な場合でも、歌姫ならば後宮に入るか、公《こう》爵家《しゃくけ》に嫁《とつ》げる可能性があるようですし。そうすれば我がマレット家の、格が上がるというものです」

「お前が聖女である可能性もあるんだからな！　そうなったら大成功だ。国中が注目する舞台《ぶたい》で、マレット家の名声を社交界にとどろかせるチャンスなのだ」

ああ、そういうことだったのね、と森育ちで世間に疎《うと》いキャナリーは、ようやく気がつく。

「でも私が使える魔法が、国を護るようなものなのか、わからないですし」

「いいや、キャナリー。お前はきっと覚醒《かくせい》すれば、素晴らしい魔法が使える。そう見込んで、わざわざ森から連れてきて、教育を施したのだ。どうだ、何かこんなことができそうだ、という予感などはないのか」

全然、とキャナリーは正直に首を左右に振《ふ》った。

「魔力を目覚めさせ、魔法を使えるようになる儀式を行うのは、披露会の舞台に出る直前です。ですから誰にどんな種類の魔法が使えるかは、舞台で歌い出すまでわかりません。それもまた披露会の醍醐味《だいごみ》でもある、と団長から伺《うかが》いました。私以外の歌姫も、予感などについては、話していませんでした」

だからこそ、歌姫に選ばれたとはいえ魔力を持っている実感などまったくなく、いまだに信じられないのだ。

「他のご令嬢方は、聖女でなくともよいのだ。もとが大貴族なのだから、それに加えて魔力を持っているだけでも僥倖《ぎょうこう》だ。しかし、キャナリー。お前は事情が違う」

子爵はトゲのある声で言い、陰険《いんけん》な目でキャナリーを睨む。

「そもそも、お前などをうちが引き取ったのは、背中のアザの噂を聞いたからだ。もしあれが見当違《けんとうちが》いだったのなら……」

「はい？　背中？」

なんのことやらと眉を寄せると、ドン、となぜか夫人が肘《ひじ》で、子爵の脇腹《わきばら》を突《つ》いた。

子爵はゴホッと咳払いをして、キャナリーに険しい顔を近づけた。

「と、ともかくお前にはマレット家の格式を上げるという義務、いや、責任がある。それをよく覚えておけ」

自室に戻《もど》ったキャナリーは、ボフッとベッドに倒《たお》れ込む。

子爵夫妻の思惑《おもわく》を成《な》し遂《と》げられなければ、キャナリーはひどい目に遭《あ》うかもしれない。

でもそれ以上に、もしも王太子の妃に選ばれたら……公爵などの高位貴族に嫁ぐことになったら……と想像すると怖気《おぞけ》がし、キャナリーは、ぶるっ、と身震《みぶる》いをした。

（ラミアのために養子になったのはいいけれど、まさか成り上がるための道具にされるな

んてね。たとえ一生美味しいものが食べられるとしても、自由のない生活なんてごめんよ)

キャナリーはこの国の貴族の堅苦《かたくる》しい風習だけでなく、料理人や庭師など、庶民《しょみん》たちを人とも思わない考え方に、どうしても馴染《なじ》めずにいた。

ラミアには飛び蹴りどころか、フライパンでお尻《しり》を叩かれた。

それでも人形のようにすました顔で、人を見下す貴族たちよりは、ずっと信頼《しんらい》できる裏表のない人だった。

「まあいいわ。今あれこれ考えても、どうにもならないもの。こんな時は、食べて元気を出すのが一番!」

そう独り言をつぶやいてから手を伸《の》ばし、呼《よ》び鈴《りん》を鳴らした。

「何かご用でしょうか、お嬢様《じょうさま》」

すぐに控《ひか》えの間から入ってきたメイドに、キャナリーはにっこり微笑《ほほえ》んで頼《たの》む。

おそらくいくつか年下の、頬にそばかすのある、可愛らしい少女だ。

「寝る前の、お茶とおやつを持ってきてほしいの。濃《こ》いお茶とフルーツの砂糖漬《づ》け。ベリーのパイもお願いするわ。たっぷりクリームも乗せて」

「はいっ!」

満面の笑みでメイドが退出したのは、必ずキャナリーがおやつの半分を分けているからだ。

もちろん、知られたら怒《おこ》られるが、今のところ子爵夫妻にはバレていない。

「貴族の令嬢になって何がいいって、食べ物に関してだけよね」

窓際《まどぎわ》近くの壁《かべ》には、明日の披露会で着る予定の、大きく裾《すそ》の広がったドレスがかかっている。キラキラふわふわした美しいドレスだが、キャナリーにとってはなんの興味もなかった。

そんなことより、披露会では美味しい料理が出るのかな。出るのであれば、コルセットできつく身体を絞《し》めるのは嫌《いや》だな。と思うだけだった。

翌日、日の出とともに歌姫四人は、神殿の地下にある、神聖な祈祷《きとう》所へと集められた。

魔法を覚醒させるための、神聖な目覚めの儀式がとり行われるのだ。

おしゃべりなレイチェルたちも、さすがに緊張した顔をして、黙《だま》りこくっている。

ここにも女神《めがみ》イズーナの彫像《ちょうぞう》があり、明かり取りの小さな窓から朝日が差し込む床《ゆか》には、魔法陣《まほうじん》が描《えが》かれていた。

「では、順番に座って、これを」

周囲を神官が取り囲み、不思議な詠唱《えいしょう》を口にしている中で、キャナリーたち四人は大きな魔法陣の中央に、向き合うようにしてひざまずく。

それぞれの手には大司祭に渡《わた》された、美しい足つきの小さな銀杯《ぎんはい》を持っていた。

「中に入っている黒い液体は、ダグラス王国秘伝の魔力覚醒の秘薬でございます。さあ、恐れずに、一息にお飲みください」

キャナリーは注意深く、銀杯の中身を見つめた。それから、くいっと一気に液体を喉《のど》に流し込む。

(あら。爽《さわ》やかな香りで、ちょっと甘くて、思ったよりずっと美味しい)

と、ふいにレイチェルが、隣《となり》で叫《さけ》んだ。

「ああっ……！　何かしら、この感じ。まるで、雷《かみなり》に打たれたよう」

「くらくらしますわ。目の前が、ぼうっとなって」

「怖《こわ》いわ。お守りください、女神イズーナ」

小さな銀杯を抱くようにして、ぶるぶると身体を震わせている三人を、キャナリーはポカンとして見てしまった。

(あれ？　どうして？　私、全然、なんともない。……もしかして魔力があるというのは、何かの間違いだったりして)

魔力を望んでいたわけではないが、披露会で何も起こらなかったらどうしよう。

キャナリーは神聖な魔法陣の上で、呆然《ぼうぜん》としていた。

ざわざわと、集まった貴族たちは客席で期待に輝《かがや》く目をし、あれこれと雑談に花を咲《さ》かせている。

披露会の会場は、何本もの太い柱に支えられた屋根のある大神殿《だいしんでん》だった。

壁はないので外にまで、歌声は響《ひび》き渡る。

一段高くなっている舞台前には、両脇《りょうわき》にずらりと椅子《いす》が並んでいた。

舞台に近い場所には、王族とその親族である公爵家が陣取《じんど》っている。

舞台袖《ぶたいそで》では、キャナリーを含めた歌姫四人が、一張羅《いっちょうら》を着て自分の番を待ち受けている。

間もなくラッパが吹《ふ》き鳴《な》らされ、王太子殿下のお出ましとなった。

レイチェルたちはキャーッと色めきたち、舞台袖から顔を覗《のぞ》かせるようにして、王太子のことをじっと見つめている。

「ああん、素敵。なんて気品に満ちたお顔立ち」

「はしたなくてよ、エミリー様。でも本当に、なんて優雅《ゆうが》なお方なのかしら」

「こうなったら自分が聖女であると望まざるをえないですわね」

もう二度とお目にかかることはないかもしれないので、キャナリーも一応ご尊顔を拝んでおいた。

金髪《きんぱつ》に灰色の目。当たり前だが、豪華な装束《しょうぞく》に身を包んでいる。

王太子の背後には摂政《せっしょう》である公爵が立っているが、国王陛下夫妻のお出ましはない。

最近、国王陛下の体調が思わしくなく、王妃殿下はつきっきりで看病している、との話だった。

「こたびは我が誕生日をともに喜んでくれて、余は嬉しい。さあ、聖女の誕生を皆《みな》で願おうぞ」

王太子の言葉と、それに対する観客の拍手喝采《はくしゅかっさい》を合図にして、披露会は始まった。

まず最初はブレンダが舞台の中央に上がった。

固唾《かたず》を呑んで観客が見守る中、硬《かた》い表情だったが、ブレンダは胸を張って歌い出す。

歌唱団の令嬢がソロで歌うのを聞くのは、これが初めてだ。

（あら。なかなか上手《うま》いじゃないの）

キャナリーは素直《すなお》にそう思った。か細いが綺麗な歌声に、観客たちも聞き入っている。

観客席の後ろのほうには、王宮から招かれた芸術家や大商人、有名な吟遊詩人《ぎんゆうしじん》などが立ち見をしていた。残りは貴族であり、前列から順に位の高い家柄《いえがら》の者が座っている。

観客席の青年貴族たちは、それぞれ手に三本のバラの花を持っていた。

歌が終わった時、友達としてお近づきになりたい、と思った場合には白いバラを、恋人《こいびと》になってほしい、という場合には赤いバラを。

家族ぐるみで、結婚を前提にした正式な付き合いを申し込みたい、という場合には、黄色いバラを舞台に投げ入れることになっているのだ。

茎《くき》の部分にはリボンが結ばれ、そこに投げた者の名前が記されていた。

もしも聖女でなかった場合、投げられたバラの中から、歌姫は相手を選べることになっている。

もちろん、今回の歌姫の中に聖女がいなくとも、必ず一人は妃に選ばれるので、その場合は王太子の指名が最優先になる。

「まあ。なんだか上から、白いものが降ってまいりましたわ」

「おお。これは花びらじゃないか」

わあっ、と歓声《かんせい》が上がる。ブレンダを中心にしながら、何もない天井《てんじょう》から大量の白い花びらが、ひらひらと舞《ま》い落ちてきた。

ブレンダ自身も驚《おどろ》いているようだったが、はっとすると、少しがっかりしたような表情になった。

花びらは床に落下したり、誰かの手に触《ふ》れた途端《とたん》、ふっと消えてしまう。

歌い終えると、ブレンダは静かに頭を下げる。

すると客席から二本の白いバラと、一本の赤いバラが投げ入れられた。

ブレンダはそちらに向かって、愛想《あいそ》よくお辞儀《じぎ》をしたが、どこか悔《くや》しそうではある。

『国を護る』魔法ではないため、確実に聖女ではないのと、王太子が無反応だったので妃に選ばれる可能性は低いと思っているのだろう。

次にエミリーが入れ違いに、舞台へ上がる。

そして歌い出して間もなく、再び不思議なことが起こった。

「なんだか目の前が、幻想《げんそう》的なピンク色に霞《かす》んできませんこと？」

「ええ、本当に。これは霧《きり》ですわ。綺麗な、ピンク色の霧が渦《うず》を巻いて」

「ただの霧ではないぞ！　高価な、花の香油《こうゆ》のようないい香りがする」

「ふうむ。反物《たんもの》に染み込ませれば、特産品になるかもしれぬな」

香りの霧が、エミリーの歌声の魔力らしい。

エミリーは霧と同じくらい、頬をピンク色に火照らせる。

そして歌い終えると再び拍手が起こり、会場からは白いバラが五本、赤いバラが二本、さらには黄色いバラも一本、投げ入れられる。

隣で見ていたレイチェルの額に、むきっ、と血管が浮いた。

おそらく投げられたバラの数の多さに、嫉妬《しっと》したのだろう。

けれど嬉しそうに戻ってきたエミリーに、レイチェルは勝《か》ち誇《ほこ》った笑みを向けて、胸を張って舞台へと上がった。

まるで「あなたも聖女ではなかったわね」というように。

レイチェルが現れると、さすがに侯爵家の令嬢だけあって、ひときわ大きな歓声が上がった。

そしてレイチェルが歌い出し、メロディがクライマックスに差しかかった時。

ぱあっ、と光の蝶《ちょう》が大量に出現した。

やったわ！　とレイチェルは顔を輝かせ、高らかに歌う。

蝶は会場中を乱舞《らんぶ》し、人々の頭や柱に止まり、見惚《みと》れるほどの美しさだ。

さらには蝶からきらきらと、金色の粉が舞い散っている。

「こっ、これは砂金《さきん》ではないか！」

「香料《こうりょう》よりも、ずっと高価なものだ。どれほどの量が出せるかはわからぬが、国庫を豊かにしてくれそうではないか」

「では、国を護る聖女とは、レイチェル嬢《じょう》ということですの？」

周囲は金色に輝き、歌も素晴らしく、キャナリーはこれまでのレイチェルからの暴言もいっとき忘れ、聞《き》き惚《ほ》れてしまったくらいだ。

（焼き栗侯爵令嬢ったら、歌は最高じゃないの！）

そしてレイチェルが歌い終えると、舞台は一瞬《いっしゅん》、シンとなった後、わあっという大歓《だいかん》声《せい》に包まれた。

王太子も立ち上がって拍手をし、レイチェルは歓喜《かんき》に頬を赤く染めている。

そして同時に、ばばばっ！　とたくさんの白いバラと赤いバラ、それに黄色いバラが客席から投げ入れられた。

舞台裏に戻ってきたレイチェルは、王太子の反応にほくほくしていた。

「残念だけど、あなたが歌う必要はもうないかもしれないわねえ」

キャナリーは、確かにそうかも、と素直に思った。

（でもすごいわね。本当に三人とも、歌で素敵な魔法が使えたんだわ。私は儀式で何も感じなかったくらいだから、お客さんたちをがっかりさせてしまうかも。せめて心を込《こ》めて歌わなくちゃ）

緊張を押し隠し、キャナリーはすたすたと舞台に歩いていき、教えられたとおりにまずは王太子に、それから両側の客席に頭を下げたのだが——。

「そなた！　そなたに決めたぞ、余の伴侶《はんりょ》は」

「はいっ？」

いきなりこちらを見て王太子が言い、観客たちはどよめいた。

背後にいた摂政が、慌《あわ》てて止めに入る。

「お、王太子殿下。いささか早すぎます。ともかく歌を聞いてから。お妃候補になさるのは、それからでなくては」

ええええ、と王太子は駄々《だだ》っ子《こ》のように不満な顔になる。

「余は、黒髪《くろかみ》の娘が好みなのだ。顔立ちも、赤味がかった琥珀《こはく》色の、不思議な瞳の色も気に入った。だからもう、これに決めた。お前、名はなんという」

これ、と指を差されたキャナリーは不快に思いながらも、ドレスの裾を上げてお辞儀をする。

「キャナリー・マレットです、王太子殿下」

「そうか。うん、歯も綺麗で健康そうだ。世継ぎの子もたくさん産めるだろう」

「マレット家は子爵ですぞ。後宮ならばまだしも、お妃候補としては、いささか爵位《しゃくい》が低すぎます」

「ならばどこか、適当な公爵家にでも、養女に出せばよいではないか。あるいは、マレット家の爵位を上げればよいのだ。余の好みの令嬢を、引き合わせてくれた礼だ」

「しかしお歌もまだですし」

「花びらは問題外として、香料も砂金もあの程度では、国を護れるほどの聖女とは、余には思えぬ。腕利《うでき》きの商人と、利益はさほど変わらぬではないか。とすれば、残りの一人が本物の聖女に違いない」

キャナリーの気持ちを一言も聞かずに、王太子は勝手に話を進める。

呆然としたキャナリーの目に、観客席の後ろのほうで、出世の期待で瞳をキラキラ輝かせている、マレット子爵夫妻の顔が映った。

このままでは本当に、王太子のもとに嫁がされてしまう。

「恐れながら、ランドルフ王太子殿下。そのように言っていただけるのは光栄ですが、せめて私の歌を聞いてから、決めていただくことはできないでしょうか」

うーん、と王太子は腕を組み、しかめっ面《つら》をする。

「最悪どんな魔法でもよい。聖女でなくとも歌姫から妃を迎《むか》えるのは慣例であろう？　魔力の有無《うむ》が大事なのだからな」

「この令嬢の歌でどのような魔法が発動するのか、わからないではないですか。万が一にもよくない魔法でありましたら、国王陛下や王妃殿下に叱《しか》られますぞ」

摂政が説得すると、ようやく王太子は気を変えたらしい。

「そ、そうであるか。母上たちに怒られるのは避《さ》けたいな。仕方ない。では、さっさと歌うがよい」

王太子はまるで犬にでもするかのように、手《て》の甲《こう》を上にして、こちらに向かってひらひらと手を振った。

（なんなの、この人）

キャナリーはすっかり呆《あき》れて、偉《えら》そうに椅子にふんぞり返った王太子を見る。

性格はともかく、レイチェルたちだってこの日のために、どれだけ練習してきたと思っているのか。

それを見た目の好みにしか興味がないなんて、失礼にもほどがある。

キャナリーは腹を立てながらも義務を果たすべく、一礼してから歌い始めた。

「ひかりのめぐみ　のにみち　くものしずくも　やがてちにしみ　つぼみはひらき　たいがとなりて　うなばらへ」

両手を広げ、情感たっぷりに、キャナリーは朗々と歌った。

いつもより声がよく出ているのが、自分でもわかる。

観客はキャナリーを見つめ、誰も一言のおしゃべりもせず、耳を傾けてくれていた。

王太子は鼻の下を伸ばし、とろけそうな顔をしてキャナリーの歌を聞いていたのだが。

「——いつか　そらへ　かえる」

歌い終わった、その時。

「っ！」

ズズーン！　という轟音《ごうおん》がして、キャナリーはよろけてしまった。

（えっ。地震《じしん》？）

次いで、ドドドド！　という、地鳴りのような音が響く。

「な、何事だ、これは！」

「まさか、ゴーレムの足音ではありませんわよね？」

「ええい、その恐ろしい名を、軽々しく口にするでない！」

「すぐに物見の塔《とう》の見張りに、伝令を！」

観客たちはざわめき、おののき、隣の者と互いに、強張《こわば》った顔を見合わせた。

キャナリーも不安になって周囲を見回し、立ちすくんでしまう。

幸い地響《じひび》きはすぐに収まって、大きな地震にはならなかった。

するとガタン！　と音をさせて王太子が立ち上がる。

「そ、そなたの歌には、地震を起こす魔力があったのか！」

「……はい。どうもそのようです」

キャナリーも今知ったのだが、事実だと思ったのでそう答えた。

王太子は、かんしゃくを起こしたように言う。

「すごく怖かったではないか。余を怖がらせて、どういうつもりだ！　余の魔法で地震を止められるかどうか、試《ため》したわけではないだろうな！」

「とんでもありません。まさかこんなことになるとは、夢にも思っていませんでした……。大変申し訳ありません」

「冗談《じょうだん》ではない！　顔と声で、余をたぶらかしおって、なんと不吉《ふきつ》な女なのだ！」

いや別に、たぶらかしてはいないでしょ、と思ったのだが相手は王太子だ。

黒でも白にできる人に、正論を訴《うった》えても仕方ない。

「本当に失礼いたしました。どうか王太子殿下の寛大《かんだい》な御心で、お許しください」

キャナリーはひたすら謝罪する。自分でも皆を危険に晒《さら》したことに、少なからずショックを受けているのだ。

「その女は、不吉だ！」

観客の誰かが王太子に同調するように叫んだ。それはレイチェルにバラの花を投げた青年貴族だった。

その叫びをきっかけに、次々とキャナリーに向かってひどい言葉が投げつけられる。

「まるで聖女と正反対じゃないか！」

「なにせ森の怪《あや》しい薬売りから連れてこられた、という噂もあるとか」

「マレット子爵！　これはあなたの責任ですぞ。出て行け！　不吉な女め」

「そうだ、追放すべきだ！　この女は王国に災《わざわ》いをもたらすに決まっている」

観客席からはバラの代わりに、次々に物が投げつけられた。

自分ではなく小姓《こしょう》のものらしき靴《くつ》、ワインの空瓶《あきびん》、グラス、食べかけの焼き菓子《がし》。

「ええい静まれ！」

そこに王太子が声を張り上げた。

「キャナリー・マレット。お前を国外追放とする！　今後、新たな聖女が見つけられなかったら、歌唱団の団長には、責任を取ってもらうぞ！」

そう宣言すると、王太子は会場を後にした。

舞台裏ではレイチェルたち三人の令嬢が、お腹を抱《かか》えて笑っている。

自分たちが聖女でなかったことや、王太子の妃指名が先送りにされたことよりも、キャナリーが追放されたことに胸がすいているのだろう。

「地響きって！　いったいなんですの、あなたのお歌の魔力！」

「絶対に、空腹になったあなたのお腹の音でしょう？　そう考えたら、おかしくておかしくて」

「それとも食べすぎて身体が重くなったせいで、足音だけで地響きが起こったのかしら。ああもう、笑いすぎて涙《なみだ》が出てしまいましたわ」

かっとキャナリーの顔が赤くなる。

まさか自分だって、あんな魔法が発動するとは思わなかったから、少しショックだったのだ。

(危険な魔法が使えるくらいなら、魔力がないほうがましだったのに)

ぐっと堪《こら》えながら、キャナリーは大ブーイングの起こる会場から帰宅したのだった。

当然のことだが、子爵家へ戻ったキャナリーを待ち受けていたのは、激怒《げきど》した夫妻からの絶縁状《ぜつえんじょう》だった。

顔も見たくない、とでも言うように養父たちは部屋へこもり、メイドが書類と旅行鞄《かばん》を持って、キャナリーの前にやってくる。

「王宮から、永久追放の通知が届いたそうです。急ぎ国内から立ち去るようにと。そして子爵ご夫妻は、こちらの養子縁組《えんぐみ》解消の書類に、サインをせよとのおおせです。……あの、それから」

何かしら、とキャナリーが首を傾げると、メイドはうつむいた。

「い、いつも、お菓子を分けていただいて、ありがとうございました。何かお返しをしたいのですが、私、何も持ってなくて」

ポロ、と涙を零《こぼ》したメイドを、キャナリーは思わず立ち上がってぎゅっと抱き締めた。

「いいのよ。その気持ちだけで充分。さあ、もう行かなきゃ。私と親しくしているのを見つかったら怒られるわよ。はいこれ、サインした書類。元気でね」

キャナリーはそう言うと彼女の身体を離《はな》して書類を渡し、旅行鞄を持って、子爵家の玄《げん》関《かん》を出た。

ひそひそと話す町の人から逃《に》げるように、身を縮こまらせて国境へ向けて歩く。

ようやく数日かけて町を抜《ぬ》けた時、キャナリーは突如《とつじょ》森に向かって駆《か》け出した。

そして大声で叫ぶ。

「やっと解放されたわ――！」

……落ち込んでいると思いきや、キャナリーは逆だった。

なんといっても、元の自由な生活に戻れるのだから。

もう堅苦しい令嬢の振りなんてしなくていいのだから！

町を出るまでは、追放者らしくしずしずと歩いてきた。

でも、国の外である森に入れば関係ない。

（別にもう、魔法を使わないようにすればいいんだもの。その他はぜーんぶ自由だわっ！）

るんるんとスキップをしながら、見慣れた森の小道を一人、行くのだった――。

第二章　森で皇子を拾いました

「ああー！　澄《す》み切った空気！　樹《き》と土のいい匂《にお》い！　私、帰ってきたんだわ！」

ぐーっとキャナリーは両手を上げ、腕《うで》を伸《の》ばした。

どうやら自分で思っていた以上に、貴族社会での暮らしはキャナリーを縛《しば》り、窮屈《きゅうくつ》に感じていたらしかった。

「でもまさか私の歌で、地響《じひび》きが起こるなんてね。自分でも驚《おどろ》いちゃった」

それを考えると落ち込むより、むしろ笑ってしまった。

ともあれすべては関係のないことだ。

キャナリーは上機嫌《じょうきげん》になり、懐《なつ》かしい家を目指して再び歩き出す。

(貴族向けのお料理やデザートが、もう食べられないことにだけは、正直ちょっとだけ未練があるなあ。でも久しぶりのここでの食事も楽しみ)

もう旅行鞄《かばん》のケーキもチーズも、九割は食べてしまっていたが、ここから先はキャナリーの庭だ。

どの辺りの樹にどんな果実がなり、キノコの群生地があり、美味《おい》しい水の湧《わ》く泉があるのか、よく知っている。

キャナリーは大好きな森へと帰ってきた喜びで、いっぱいだった。

窮屈な靴《くつ》を脱《ぬ》ぎ、鞄を持っていないほうの手で持つと、裸足《はだし》で歩いた。

いずれは着ている外出着もろとも、どこかに売りに行こうと思っているので、捨てたりはしない。

すう、と息を吸い込むたびに、懐かしい緑の濃《こ》い香りが胸に染《し》みた。

と、ちょろちょろと、枝の間を跳《は》ねながら、こちらへ近寄ってくる者たちがいる。

「あら、お出迎《でむか》えしてくれたのね！　ただいま、帰ってきたわよ」

それはふかふかとした毛の長い、この辺りにたくさん住んでいるリスだった。

「ふふ、耳をかじっちゃ駄目《だめ》よ、くすぐったいじゃない」

二匹《ひき》のリスが足元から駆《か》けのぼってきて、肩《かた》の周りをうろうろし、笑いながら手に乗せて遊んでいると、別の方向から何者かが、走ってくる足音が聞こえた。

「キューン！」

「あなたもお出迎えに来てくれたの。久しぶり、元気にしてた？　前に怪我《けが》したところはちゃんと治ったみたいね、よかった」

駆け寄ってきたのは、ホウキのような立派な尻尾《しっぽ》をしたキツネだ。

倒木《とうぼく》で傷つけた脚を薬草で治療《ちりょう》したことがあるのだが、お礼に美味しいキノコの生えている場所を、教えてもらえるようになった。

頭を撫《な》で、ふかふかの尻尾の手触《てざわ》りを楽しんでから、キャナリーは再び荷物を手にする。

「今日は何も持ってないけれど、ジャムを作ったらご馳走《ちそう》するわ。今年もたくさん実をつけそうな果樹を教えてちょうだい」

誰《だれ》かが待ってくれている。そう思うだけで、キャナリーの心は温かくなる。

実はもうラミアがいないことに寂《さび》しさを覚えていたのだが、森の動物たちのおかげで癒《いや》された。

ところが、みんなで懐かしいラミアの家に向かっていると、急にキツネが足を止め、その耳がぴくっと動いた。

サッと違《ちが》う方向に顔を向けひくひくと鼻先を動かしてから、知らない匂いを感じ取ったのか、リスたちも同時に背を向けて、逃《に》げ去ってしまう。

(何か、いるみたい)

キャナリーは気を引き締めて、木陰《こかげ》に身を隠《かく》した。と、かすかに話し声が聞こえてくる。

「……です、頑張《がんば》ってください」

「ああ、そのようだな」

そっと観察すると青年が二人、ラミアの家に向かって、よろよろと歩いていた。

どちらも長身だが、一人は一人に肩を貸し、今にも倒《たお》れてしまいそうだ。

この辺りでは見たことのない二人の装束《しょうぞく》に、最初は警戒《けいかい》したが、よく見るとそれはぼろぼろになっている。

(遠くから、旅をしてきた人たちかな。盗賊《とうぞく》とは全然違う身なりだし。危ない人たちじゃなさそうね。もしかして迷ったか、獣《けもの》に襲《おそ》われたりしたのかも)

そうして見つけたラミアの家を、避難所《ひなんじょ》にしようとしているのだとしたら——。

「あっ……大変!」

気づいたキャナリーは思わず木陰から飛び出して、彼らに叫《さけ》んだ。

「ドアに触《さわ》らないで!」

こちらの声に、青年の一人が驚いたように振《ふ》り向《む》いた。

そして困惑《こんわく》した様子で、大声で言う。

「この家の主《あるじ》ですか。どうか、休ませてはいただけませんか」

なおも青年は、ドアに手を伸ばそうとする。

「ドアに触っちゃ、ダメぇぇ!」

叫びつつ、キャナリーはドアに向かって走り出したのだが。

(間に合わない!)

えいっ! とキャナリーは思い切り、彼らに向かって鞄を投げつけた。

鞄が弱っているほうの男に当たり、うっ、と呻《うめ》き声を出す。

「何をするのですか！　こちらは礼を尽《つ》くして頼《たの》んでいるというのに」

「違うのよ！　少し離《はな》れていて！」

やっと追いついたキャナリーは、ハアハアと息を切らしつつ、二人を少し下がらせた。

ドアを二度、ガタガタと右に動かし、それから同じように、二度左に動かす。

そして、ふう、と汗《あせ》をぬぐった。

「泥棒《どろぼう》よけに、罠《わな》が仕《し》掛《か》けてあるのよ。こうしないと毒を塗《ぬ》った矢が、上から落ちてくるようになっているわ。この辺りの人は、みんなうちの仕掛けを知ってるから近寄らないの。あのまま取っ手を引っ張ったら、二人とも死んでたわよ。さあもう大丈夫《だいじょうぶ》、入って、ゆっくり休んでくださいな」

目を丸くしている青年二人を、キャナリーは家に招き入れた。

ぎいい、と扉《とびら》を開くと懐かしい薬草の香りに、かすかにカビと埃《ほこり》の臭《にお》いが混じっている。

燭台《しょくだい》の、半分溶《と》けた太いロウソクに火を灯《とも》すと、青年たちが汚《よご》れたり破れたりはしているものの、どちらも立派な服装をしているのがわかった。

支えているほうの男はローブをつけ、髪《かみ》が長く、神官か僧侶《そうりょ》のようだ。

怪我をしているもう一人は、黒い上等の布に銀糸で見事な刺繍《ししゅう》の施《ほどこ》された、長い上着を着ている。

「どうぞ、そこに……」

言いかけてから、キャナリーは慌《あわ》ててベッドカバーを外に持っていき、パタパタとはたいて戻《もど》ってきた。それから大急ぎで、シーツを新しいものに取《と》り換《か》える。

「ごめんなさいね、ずっと留守にしていたから、部屋が埃だらけなの」

「いえ、どうかお気になさらずに。助かります」

「お腰《こし》の物と上着はこちらに。靴は脱いでね」

「すま……ない。世話に、なる」

怪我をしているほうの青年は、息もたえだえに、苦しそうに言った。

身なりからして二人とも身分は高そうだが、こんな状態なのに低姿勢で礼を言えるならば、きっといい人だとキャナリーは確信する。

(それにしても、怪我人《けがにん》を休ませるにはテーブルも椅子《いす》も、このままじゃ汚れすぎよ)

キャナリーは、桶《おけ》を手に取った。

「待たせてばかりで悪いけれど、水を汲《く》んでくるわね」

近くの泉まで行って水を汲み戻ってくると、神官風の青年が、怪我人をベッドに横たえ終えたところだった。

水瓶《みずがめ》に水を移し、今度は布を絞《しぼ》って木製の家具を拭《ふ》きながら言う。

「さあ、こっちの椅子は綺麗《きれい》になったわ。どうぞ、座って」

ベッドの横にたたずむ神官風の青年に、キャナリーは微笑《ほほえ》む。

「ありがとうございます。では、使わせていただきます」

「二人とも、この辺りの方じゃないわよね？　よかったら、名前を聞かせてもらえない？　なんて呼べばいいのか、わからないもの。私はキャナリー」

もう子爵家《ししゃくけ》とは関係ない。だから、ただキャナリーとだけ名乗った。

神官らしき青年はまず、横たわった青年を手のひらで示して言う。

「失礼しました。こちらから名乗るのが礼儀《れいぎ》でしたね。こちらの方は……ジェラルド様。私の主で、自分は従者のアルヴィンと申します」

「お国はどこなの？　きっと旅の方でしょう？」

キャナリーがそう言ったのは、衣類の雰囲気《ふんいき》がダグラス王国とはかなり違ったし、銀髪《ぎんぱつ》に青い瞳《ひとみ》という特徴《とくちょう》の人も、あまり見なかったからだ。

特に怪我をしている青年の瞳は、驚くほどに濃い、真夏の空のような青をしている。

「はい。馬車で半月ほどの国から参ったのです」

「そうだったの。長旅の疲《つか》れもあるでしょうね、アルヴィンさんと、ジェラルドさん。ともかく、傷の手当てをしましょう。この家には、薬だけはどっさりあるから」

キャナリーは言って、久しぶりに生まれ育った家の戸棚《とだな》をあさり始めた。

そして、ケホケホと咳《せ》き込んでしまう。

(うう、やっぱりこっちも、すごい埃。それに、蜘蛛《くも》の巣《す》だらけだわ)

キャナリーは鞄からハンカチーフを取り出して、それで口元を覆《おお》い、首の後ろでぎゅっと縛った。

こちらもあちこち、からくりが仕掛けてある戸棚を開き、中から塗り薬の瓶《びん》や煎《せん》じ薬、包帯などを取り出す。

室内には独特の、ハーブの匂いが立ち込めていた。

ラミアは何十年もここで薬草を調合し、薬を売って暮らしてきた。

そのため台所には、数カ所のかまどに大鍋《おおなべ》がかけられ、薬の壺《つぼ》もたくさんある。

キャナリーは乾燥《かんそう》した薬草の粉を調合し、それに瓶の油を混ぜ合わせた。

塗り薬が出来上がると小鉢《こばち》と包帯を手に、横になっているジェラルドの様子を診《み》る。

「ひどい怪我ね。いったい、何があったの？　さあ手をこちらに。手当てをするわ」

「お、お待ちください。そのように気安く触《ふ》れては……」

なぜかアルヴィンがキャナリーを止めようとしたが、ジェラルドがそれを遮《さえぎ》った。

「よい。治療をしてくれるというのだ。ありがたく、好意を受けよう」

「はい。ジェラルド様が、そうおっしゃるなら」

（子爵家で、貴族は庶民《しょみん》とは触れ合わない、って教えられたわ。二人もどこかの国の、偉《えら》い人たちなのかな）

そんなことを考えていると、ジェラルドは痛みに汗を流し、眉《まゆ》を寄せながらも、キャナリーに謝罪の言葉を口にした。

「気分を害したなら、すまない。このような境遇《きょうぐう》に、慣れていないだけだ」

全然、とキャナリーは微笑んで首を左右に振る。

「こう見えても私、少し前まで貴族として暮らしていたの。そこではメイドと対等に話しているだけでも怒《おこ》られたわ。でもそう言ってくれるなら、遠慮《えんりょ》なく治療にかからせてもらうわね」

言いながら、キャナリーはジェラルドの服を脱がしにかかった。

するとかなりの細身だと思っていたのに、しっかりと筋肉のついた身体《からだ》に、少しばかりドキリとする。男性の身体を間近に見るのは初めてだ。

だが、あちこちに打撲《だぼく》のアザがあったり、出血したりしていて、それどころではなかった。キャナリーは急いで、痛々しい傷の様子を診る。

「もしかして、きみが薬を調合したのか？」

「そのとおりよ。任せて、薬作りには自信があるの」

話しながらてきぱきと、薬を塗り、膏薬《こうやく》を貼《は》っていく。

「貴族として暮らしていた、というのはどういうことですか？」

背後に立ち、治療を見守っているアルヴィンに尋《たず》ねられ、キャナリーは事の経緯《けいい》を話して聞かせた。

ラミアが死んだ後、子爵家に引き取られたこと。王立歌唱団と披露会《ひろうかい》のこと。

そして、国外追放されたこと。

「なるほど。ダグラス王国では、歌を通して聖女を捜《さが》すのか」

ジェラルドの言葉に、キャナリーは答える。

「ええ、そうよ。あなたの国では違うの？」

「君主が代替《だいが》わりをする際に、戴冠式《たいかんしき》までの一年間に起こる出来事を、すべて予言で当てる者。それが神殿《しんでん》の巫女《みこ》に現れて、聖女とされる。やはり、一人の君主の治世の間に、一人しか出現しない。土地の性質や、そこに住む精霊《せいれい》たちの影響《えいきょう》などで、魔法《まほう》の質も違うし聖女の出現条件も、国によって違うんだろう」

へええ、とキャナリーは感心した。

「先のことがわかるなんて、すごいわね。まさに奇跡《きせき》を起こす聖女って感じ。その点私なんか、地震《じしん》を起こしちゃったんだから、いやになるわ」

「きみの歌で、地震が？」

「そうなの。だからもう、歌わないほうがいいのよね。さて、最後に肩の、一番傷の深いところに取りかかるわよ」

キャナリーが言うと、苦しそうに息をつきながら、ジェラルドがうなずいた。

「よろしく、頼む」

「痛むかもしれないけれど、我慢《がまん》して起き上がって」

火で消毒した針と糸で、キャナリーは上体を起こしたジェラルドの深い切り傷を縫《ぬ》う。

ジェラルドは目を閉じて、文句ひとつ言うわけでもなく、じっと苦痛に耐《た》えていた。

「はい、終わり！　縫合《ほうごう》は上手《うま》くいったわ」

ふう、と額の汗をぬぐい、その傷を包帯で巻こうとして、キャナリーは気がつく。

（この包帯も長いこと放っておいたから、よく見ると黄ばんで、虫食いの穴がある。これじゃ、ばい菌《きん》が入っちゃうかも）

「ごめんなさい、ちょっと失礼します」

キャナリーはすっくと立ち上がり、戸棚の後ろに隠れるようにして、びりり、と下着のキャミソールを破いた。

「キャナリーさん？　なっ、何をしているんですか？」

慌てた声のアルヴィンに、申し訳なく思いながらキャナリーは言う。

「悪いけれど、包帯をこれで代用させてもらうわね。上等の布だし、ずっとしまってあった古びた包帯より、いいと思うの」

「お、俺はいいが、それではきみの服が、台無しになってしまうじゃないか」

焦《あせ》ったように言うジェラルドに、キャナリーは笑った。

「服は痛みなんか感じないわ。あなたの身体のほうが、ずっと大事じゃない」

キャナリーは、縫った傷口をきちっと縛った。

「さあ、これで応急処置は完了《かんりょう》よ」

「あ……ありがとう、キャナリーさん。きみの親切には、本当に助かった」

まだひどく痛むだろうに、それを堪《こら》えつつ、きちんとお礼を言うジェラルドは、やっぱりいい人なのだと思う。

それにこんなに至近距離《きょり》で、真っすぐに男性に目を見つめられたのは初めてだ。

吸い込まれそうな、青い宝石のような、綺麗な瞳。

それを見つめ返すうちになぜかキャナリーは、自分の頬《ほお》が熱を持つのを感じた。

「そ、そんなたいしたことはしてないわよ。それよりいったいどうして、こんな大きな傷を負ったの？　盗賊？　この辺りには、大型の肉食獣《じゅう》はいないと思ったけれど」

「ゴーレムの仕業です。それも、かなりの数だったのですよ」

背後からのアルヴィンの返答に、キャナリーは首を傾《かし》げる。

「ゴーレム？　ええと、聞いたことはあるわ。不気味な泥《どろ》人形、だったかしら。それがこの近くにいたの？」

「聞いたことはある？」

驚いたようにジェラルドが言う。

「そんなにも、この辺りには、ゴーレムがいないのか」

「ええ。少なくとも森で見たことはないし、ダグラス王国の、国内にもいないわ。そんなに怖《こわ》いものなの？」

「はい。ゴーレムは田畑を荒《あ》らし、家畜《かちく》を殺し、もちろん人も殺します。そして時には、群れをなして暴れるのです」

アルヴィンが言うと、ジェラルドも続けた。

「人の手では、倒せない。撃退《げきたい》できるのは、魔力《まりょく》を持つ者だけだ。町人や農民たちは、城から配布された魔力を秘めた道具で、なんとか追《お》い払《はら》っているが」

「ダグラス王国にゴーレムの出現が少ない、被害《ひがい》がない、というのは、情報として知ってはいましたが、誇張《こちょう》されているのではと思っていました。城下町から離れたこの森にも、ゴーレムは出現しないのですか？」

ええ、とキャナリーは二人に重ねて答えた。

「うちの周りは薬草だらけだし、薬の匂いがぷんぷんするから、寄ってこなかったのかもしれないけれど。ゴーレムについて、二人は詳《くわ》しいの？」

「誰も完全には、正体を理解できていないのですが。昔々、悪い魔法使《まほうつか》いに呪《のろ》われて勝手に動き出すようになった、人や動物を襲う大きな泥人形、とでも思っていてください」

「呪われて動く……それは確かに怖いわね」

キャナリーは想像して、ぶるっと身震《みぶる》いをした。

「二人はそのゴーレムに、襲われたのね？」

ああ、とジェラルドがうなずく。

「街道《かいどう》の途中《とちゅう》……ここから馬車で半日ほどの辺りで群れとかち合い、我々の一行は森に逃げ込んで、散り散りになってしまった」

ん？　とキャナリーはその言葉で、自分の勘違《かんちが》いに気がついた。

どうやら二人きりの旅行者ではなく、集団からはぐれてしまったらしい。

立派な身なりをしているから、護衛を雇《やと》った大商人の一行か、他国の使節団だったのかもしれなかった。

まあなんでもいい。悪い人でさえなければ、困った時はお互《たが》い様だ。

キャナリーはそう考えて、ジェラルドの治療を終えると、桶を持って外の泉に、今度は飲むための水を汲みに行った。

外へ出ると、もうとっくに日が沈《しず》んで暗くなっていたが、慣れた道であることと、月明かりがあったので、さほど苦にはならない。

戻ると早速《さっそく》、煎じ薬のために湯を沸《わ》かす。

「ありがとう。こんな、誰ともわからぬ者たちのために、服を裂《さ》き、水まで汲みに行き、治療を施してくれるとは」

治療を終え、再び横たわっていたジェラルドに、キャナリーは振り向いて微笑んだ。

「何言ってるの。人を思うは身を思う、って言うじゃない。貴族か商人かわからないけれど、あなたたちは身なりからして本当は、偉い人じゃない？　それなのに、人をアゴでこき使わないなんて、いい人ね。私、こんなふうにまともな人たちと会話をできるのが久しぶりで、それだけでも嬉《うれ》しいくらい。ただ……」

キャナリーはちらりと、旅行鞄と台所を見る。

「もしかして、お腹《なか》空いてます？　さっき説明したとおり、帰ってきたばかりだから、ろくな夕飯は出せないわ」

「お構いなく。勝手におしかけてきた、我々が悪いのですから」

アルヴィンが謙虚《けんきょ》に言う。そんな態度をとられると、逆にもてなしたくなるものだ。

「多分、その傷だとジェラルドさんは、数日は寝《ね》ていたほうがいいわ。服の様子からして、出血もひどかったみたいだし。今日はチーズと携帯《けいたい》食の固いケーキで、夕飯にしてください。明日からは、森で調達したキノコや山菜になるけれど、それで我慢してくださいな」

残りわずかな、子爵家からの食糧《しょくりょう》。森の暮らしでは、もうこんなにたっぷり卵やドライフルーツやバターの入ったケーキは、食べられないかもしれない。

でもそれならば、この身分の高そうな人たちの口には合うだろう。

「もちろん、いいが。キャナリーさん。きみの食べる分は、あるんだろうな？」

「無理をしなくてもよいのですよ。金貨も銀貨も持っておりますから、それでお支払《しはら》いはさせていただきますが」

「お金なんかいいから。そんなことより怪我人は、早く治すことだけ考えるべきよ。それからベッドはひとつだけで、私は屋根裏に寝るから、悪いけれどアルヴィンさんは椅子で寝てくれる？　毛布を貸すわ」

「椅子で充分《じゅうぶん》です。あれもこれも世話をかけて、申し訳ありません」

「謝る必要なんか、全然ないわよ」

しきりに恐縮《きょうしゅく》するジェラルドとアルヴィンに、ただし、とキャナリーはつけ加えた。

「その代わり、ジェラルドさん。化膿《かのう》止めの煎じ薬は、しっかりと飲んでくださいね。この木のボウルに、なみなみいっぱい。それが、この家に泊《と》まる条件よ」

「うっ……ぐ、っう、ぐぐっ」

煎じ薬の入った木のボウルに口をつけ、ジェラルドはキャナリーが言った意味を理解したらしかった。

この煎じ薬は、傷による発熱や化膿を抑《おさ》えるが、とにかく、恐《おそ》ろしく不味《まず》いのだ。

たとえるならば、蛇《へび》の皮と蜘蛛の巣、それにラミアの足の指を、同時に口に入れるくらいに不味い。

ジェラルドは治療の時より、ずっと苦しそうな表情と声で、なんとか少しずつボウルの中身を飲んでいく。が、途中でとうとう音を上げた。

「な、なんだ、いったいこれは。臭いからして覚悟《かくご》はしていたが、苦くて、酸っぱくて、ひどい味だ」

「なんだ、ってお薬よ。効く薬ほど舌は嫌がる、ってことわざがあるでしょ」

言ってキャナリーは、ジェラルドの高い鼻を、むぎゅっとつまんだ。

「うぐっ、なっ、何を」

「キャナリーさんっ！　ジェラルド様の尊いお鼻に、何をなさいます！」

「私が子どものころ、ラミアはよくこうして、薬を飲ませたものだわ。さあ、もっと、ぐいっと飲んで」

うう、とジェラルドは顔をしかめたが、渋々《しぶしぶ》と木のボウルを、再び口へと運ぶ。

間近で見ると睫毛《まつげ》が長くて、すごく男前だなあ、とキャナリーは思った。

ダグラス王国の王太子とはまるで違い、頬から口元は精悍《せいかん》に引《ひ》き締《し》まって、気品もある。

その彼が子どものように、必死に薬を飲んでいるのを見るうちに、キャナリーは応援《おうえん》したいような気持ちになってしまった。

「ま、まだか。全部でなくてもいいんだろう？」

「頑張って。決まった用量を飲まないと、治りが遅《おそ》くなるわ」

「そ、そうか。わかった。……すべては、俺の身体のためにしてくれていることだからな」

ジェラルドが素直《すなお》に応じてくれたことが、なんだか嬉しい。キャナリーを信用して不味い薬を我慢してくれている、と感じたからかもしれない。

彼の形のいい唇《くちびる》の周りを丁寧《ていねい》にぬぐい、少しずつ根気よく、ジェラルドに薬を飲ませていく。そうして苦戦しながらも、ジェラルドはすべての煎じ薬を飲み干した。

「よくできました！　それじゃあケーキと、お茶を用意するわね」

キャナリーは、空になった木のボウルを持って台所へ行きながら、まるで自分が薬を飲み終えたようにホッとしていた。

それからもう一度湯を沸かし、一番上等の、もったいないとラミアがなかなか使おうとしなかった、とっておきの茶葉を取り出した。

やがて夜が更《ふ》けて、そろそろ眠《ねむ》くなってきたけれど、ランプの灯《ひ》はつけたままにしておくことにする。

もし夜中に、ジェラルドの体調に変化があったりした時、すぐに様子を見られたほうがいいと思ったのだ。

長旅で、相当疲れていたのだろう。

ベッドの足元の椅子で、アルヴィンは首を垂れ、眠ったようだ。

ジェラルドも目は閉じていたが、時折苦しそうな声を出して、荒《あら》い息をついた。

「……痛みのせいで、眠れないのね」

屋根裏で眠るのはやめ、傍《そば》につき添《そ》って様子を見守ろう、とキャナリーは決めた。

そっと額に触れると、傷のせいか、熱も高くなっている。

キャナリーは冷たい水を求めて、泉に走った。

戻ってきて枕元《まくらもと》に近づけた、踏《ふ》み台《だい》代わりにしている丸太にキャナリーが座ると、ジェラルドは薄《うす》く目を開く。

「今しがた、扉の音がしたが」

「ええ。水を汲みに行っていたの。留守にしていたから、水瓶は空っぽだし、いっぱいにするにはまだ何往復か必要だわ。ともかく、あなたの額を冷やさなくちゃ。熱が出ているもの」

熱に潤《うる》んだジェラルドの瞳が、驚いたように見開かれた。

「もう、深夜だろう？　外に行くなんて、危険すぎる」

「平気よ。慣れているから」

「しかし夜の森を、一人で歩くなんて」

「走ってきたもの」

安心させるようにキャナリーは笑って、冷たい水に布を浸《ひた》し、ぎゅっと絞った。

「ちょっと、失礼するわね」

キャナリーは、汗に濡《ぬ》れたジェラルドの前髪《まえがみ》を、指先でそっとよけた。

それから優《やさ》しく首や顔の汗をぬぐい、ひんやりした布で額を覆うと、ジェラルドは気持ちよさそうに目を閉じる。

「どう。少しは眠れそう？」

「ああ。だが、キャナリーさん。これでは、きみが眠れないだろう」

「平気よ。私、元気だけが取り柄《え》だから」

「しかし頼む。もう夜の森には出て行かないでくれ。逆に心配で、眠れなくなってしまう」

「それはよくないわね。わかったわ」

キャナリーは椅子を、枕元にさらに近づけた。

「それに具合が悪い時って、誰かいないと不安になるものね。私はもう朝まで、どこにも行かないわ。こうしてあなたの傍に、ずっといます。だから、どうか安心して眠って」

そう言うキャナリーを、ジェラルドは不思議な生き物を見るかのように見つめてくる。

（旅先で大怪我をしたら、心細くなっても無理はないわ）

キャナリーはそう考えて、もう一度額の布を、冷たいものに取り換えた。

そしてジェラルドが目を閉じたのを見計らい、かすかな声で、静かに子守歌《こもり》を口ずさむ。

ラミアがよく寝る前に、聞かせてくれとせがんだ歌だ。

「あおきつき　ひかりのもと　こよいはしずか　ねむれゆうれい　けもの　ようまのすべて　すうすうねむれ　ほしをまくらに」

ジェラルドの苦しそうだった表情は、安心したものになり、やがてうっとりしたように穏《おだ》やかなものになっていたのだが。

あっ、とキャナリーは口を押さえた。

(大変っ！　歌っちゃいけなかったのに。……でも、なんともないわね。ひょっとして、違う歌なら大丈夫なのかしら？)

様子を窺《うかが》いながらも三番まで歌うと、その途中で、ジェラルドはようやく健《すこ》やかな寝息《ねいき》を立て始めた。

(よかった。眠れたみたいね)

キャナリーもジェラルドの体温の伝わる毛布に突《つ》っ伏《ぷ》して、いつの間にかうとうとしてしまった。

ふと気がつくと、窓の外が薄明《うすあか》るい。

小鳥たちの声が聞こえ、夜明けが来たことを知ったキャナリーは、そっと身を起こした。

ジェラルドはまだ眠っていて、その額から布を取り、そっと触れてみる。

（熱は下がったみたい。もう大丈夫だわ）

キャナリーは急いで籠《かご》を持って外へ行き、キノコや木の実を集め始める。

「あら、おはよう、小鳥さんたち」

朝の早い鳥たちが、キャナリーの周りに集まって、肩や頭に止まってさえずった。

（可愛《かわい》い声。それに空気が冷たくて気持ちいい。やっぱりいいなあ、森の暮らしは。朝露《あさつゆ》に濡れた緑の、なんていい香り）

キャナリーは深呼吸をして、朝の森の匂いを胸いっぱいに吸い込んだ。

しかし、ゆっくりはしていられない。

朝食の支度《したく》をしなくてはならないからだ。

水もまだ足りないので、大きな水瓶をいっぱいにするべく何度か泉を往復するうちに、裏木戸が開いた。

「おはようございます、キャナリーさん。早くから働かせてしまって、申し訳ありません。よろしければ、お手伝いさせてください」

それはアルヴィンだった。

この人もジェラルドほどではないにしろ、昨日は青白い顔をして、やつれて見えた。

しかし今朝は、よく眠れたのか顔色がよく、目にも光が戻っている。

「おはようございます。それならかまどの火を見ていてくださいな。私、ジェラルドさんの血で汚れた服や道具を、川で洗ってきますから」

「そんなことまでしていただけるのですか。もう、水も冷たい季節でしょうに」

「ここで生まれ育った者としては、川の冷たさには慣れっこよ。さあ、私のことは気にしないで、かまどをお願い」

「わかりました、お安い御用《ごよう》です」

アルヴィンは了承《りょうしょう》して、かまどの番をしてくれた。

その間にキャナリーは大きな籠に、ジェラルドとアルヴィンの、血と泥で汚れたシャツや、治療に使った布を入れて抱《かか》える。

そして飲み水にはできないけれど、生活用水として使っている小川で、ざぶざぶと洗濯《せんたく》を始めた。

これも洗ったほうがいいかな、と大剣《たいけん》も持ってきたのだが、正解だった。

刃先《はさき》には、なんだかよくわからない液体が付着して、すごく汚れていたからだ。

(うわあ。べったりとくっついたこれは、何かしら)

もしかしたらこれがゴーレムという怪物《かいぶつ》の、体液なのかもしれない。

そんなことを想像したら、背中にぞくっと悪寒《おかん》が走った。

明日まで放っておいたら固まって、容易に鞘《さや》から抜《ぬ》けなくなってしまっただろう。

朝の光を水面に反射させ、さらさらと心地《ここち》よい音をさせて流れる小川は、そんな汚れを浄化《じょうか》するように、洗い落としてくれた。


やがて洗濯も終わり、家にはいい匂いが充満《じゅうまん》している。

キノコと山菜どっさりのスープに、豆イモというとても小さなイモをたくさん炒《い》ったものが、今日の朝食だ。

どちらもラミア特製『これをかければ大体のものは美味しく食べられるハーブ入りの塩』で味つけがされている。

とっておきの茶葉のために新たにお湯を沸かし始めると、キャナリーのお腹はぐーぐー鳴っていた。

木のボウルに、さらりとしたスープを盛ると、ふわっといい匂いの湯気が上がる。

そのころには、朝の陽《ひ》ざしが室内にまで入ってきて、商人や町民たちにとっての朝食の時間だ。

キャナリーは忙《いそが》しく動き回っていたけれど、ちらりと見た様子ではジェラルドはすでに起きていて、アルヴィンと話をしている。

あの様子では、随分《ずいぶん》と回復したみたいだな、とキャナリーは安心した。

「おはようございます、ジェラルドさん。すっかり元気そうに見えるけど、具合はどう？　もうご飯、できましたけど、食べられるかしら」

台所から声をかけ、ベッドのほうに歩いていくと、なぜか二人とも困惑した顔をして、こちらを見ている。

「あの。どうかしたの？」

尋ねるとジェラルドが答える。

「いや、悪いことではないんだが。つまりその、傷が……あまりにも痛まない」

「本当に？　よかったじゃないの」

「よかったのは確かだが、この治りの速さは異常だ」

言いながらジェラルドは、くるくると包帯を外した。

すると、浅い傷はほとんど消えてしまったかのように、薄く痕《あと》が残るだけになっていた。

「あら、本当。昨晩は、腫《は》れて熱も持っていたのにね」

「こっちもだ。まったく痛みもない」

「え？　……きゃあっ」

ジェラルドが、シャツの前を大きく開いた途端《とたん》。

なぜかキャナリーは、パッと目を逸《そ》らしてしまった。

昨日はしっかり見て、治療して、なんとも思わなかったのだが、突然《とつぜん》見てはいけないもののように感じてしまったのだ。

（えっ、何、どうしたの私。これじゃ、治療がきちんとできないじゃないの）
ギ、ギ、ギ、と人形の首を動かすように、キャナリーは無理やりに自分の顔を動かして、ジェラルドの傷を検分する。
「どうかしたのか、キャナリーさん」

キャナリーの行動を不審《ふしん》に思ったらしいジェラルドに言われ、慌てる。

「なっ、治りが早くて、私もびっくりしただけよ。……本当に青黒くなっていたところも、薄い黄色になってるわね」

「いったいきみは、どんな薬を塗ってくれたんだ？」

「どんなって、私が調合した薬よ。以前は、普通《ふつう》に町に売りに行っていたわ」

キャナリーは腕組《うでぐ》みをして、首を傾げる。

「よく効くって評判だったけれど、確かにここまで効くとは聞いたことがないわね。ジェラルドさんの体質じゃないの？」

「それは違います、そしておそらく、薬だけの効果でもないでしょう」

言ったのは、アルヴィンだ。

「言いませんでしたが、実は私も、怪我をしていたのです」

アルヴィンは上着を脱いで、そこに下がっている薄い金属の板を見せた。

「これは、首から下げていた護符《ごふ》です。このように、へし曲がるまで打撲を受け、もしかすると鎖骨《さこつ》が折れたかもしれない。そう思っていました」

「なんだと。アルヴィン、そのようなこと、俺にも黙《だま》っていたのか」

驚くジェラルドに、アルヴィンは頭を下げた。

「申し訳ございません。昨日は、それどころではありませんでしたから。けれど……見てください」

アルヴィンは襟《えり》を開いた。すると首の下辺りが、うっすらと黄色くなっている。が、言われなくてはわからないほどだ。

「昨晩、私が自分で確認《かくにん》した時には、黒に近いほどに内出血していたのです。それがたった一晩で、薬もつけずにこれというのは、不思議で仕方がありません」

「不思議ねえ。いったい、どうしちゃったのかしら。よくなったのなら、いいことなんだけれど」

いくら言われても、キャナリーにもわけがわからない。

三人でしきりに首をひねるうちに、ぐうう、とキャナリーのお腹が鳴った。

「と、ともかく、ご飯を食べましょう。待っていて、少し温め直すから」

まだジェラルドの体力は、完全に回復しておらず、少しふらつくようだった。

そのため、彼の分はテーブルではなくお盆《ぼん》に載《の》せて、ベッドまで運ぶことにする。

「はい、口を開いてくださいな」

キャナリーはスープをスプーンですくい、上体を起こしたジェラルドに食べさせようとした。

「い、いや、大丈夫だ。一人で食べられる」

「だって、いくらなんでも縫った肩の傷は、完全には塞《ふさ》がっていないでしょう？ それにスープの入った木のボウルって、結構重いのよ。零《こぼ》して汚したりしたら、きっとラミアが怒って化けて出るわ」

そう言って、キャナリーはなおもスプーンを差し出した。

ジェラルドは、慌てたように両手を突き出して辞退する。その頬は、ほのかに赤く染まっていた。

「いや本当にもう、あまり痛まないんだ」

「そう？ でも、そうね。そんなふうに動かせるなら、大丈夫なのかしら。じゃあ、気をつけて持って。痛くなったら、すぐに言ってね」

もしかしたら、恥《は》ずかしがりやなのかもしれない。キャナリーはそう考えて、木のボウルとスプーンを、注意深くジェラルドに渡《わた》した。

「いただきます」

ジェラルドは確かに傷が痛まないらしく、難なくスープを食べ始める。

その顔に、ふわりと嬉しそうな笑《え》みが浮《う》かんだ。

「これは……美味しいな！　初めて食べる味だ。キノコと木の実が、スープに深いコクを出していて、いくらでも食べられそうだ。キャナリーさんが作ったのか？」

「ええ。貴族のお料理に比べたら質素だから、お口に合うか心配だったんだけど」

「口に合うどころじゃない。人好物になったよ。香草の風味との相性《あいしょう》も抜群《ばつぐん》だ」

「よかった！　具材の新鮮《しんせん》さは、どんな宮廷《きゅうてい》料理にも負けないと思うわよ」

食べているうちに、身体が温まったおかげもあるのか、ジェラルドの顔色はますますよくなった。

嬉しくなってキャナリーも食事を始め、アルヴィンにもお代わりをすすめる。

「ありがとう、キャナリーさん。ジェラルド様、このご様子でしたら、もう一晩こちらで休息されれば、森を移動できる体力も戻るのではないですか」

ここに来たばかりの時は、二人とも回復には数日かかる状態だったが、この治りの早さならなんとかなりそうだ。

異例の治癒《ちゆ》速度に驚きはすれど、仲間と早めに合流できそうだと感じたらしいジェラルドは、ほっと安堵《あんど》した顔になる。

「そうだな。では、キャナリーさん。もう一日我々が留《とど》まることを、許してもらえるだろうか」

もちろんよ、とキャナリーは微笑む。

「洗濯物も乾《かわ》いてないし、どうぞそうしてくださいな。キノコのスープに飽《あ》きないならね」

「飽きるどころか、毎日でも食べたいくらいだ。ただ、きみがしてくれることの負担を思うと、どうにも心苦しい」

「何を言ってるの」

キャナリーは半分呆《あき》れて、ジェラルドに言う。

「助けた人が元気になったら嬉しいから、私は少し手を貸しただけ。自分の満足のためにしていることよ。だから心苦しいなんて、見当違《けんとうちが》いだわ」

キャナリーが言うとジェラルドは、ハッとしたようにこちらを見た。

「きみは……見ず知らずの人間を救って、そんなふうに思うのか？　見返りも求めず、恩に着せもせず」

意味がよくわからず、キャナリーは肩をすくめた。

「どこかおかしい？　だとしたらきっと、森で育つとそうなるのよ」

キャナリーのその言葉に、ジェラルドの深く青い瞳が、木漏れ日《こもびれび》を反射した泉のように煌《きら》めいた。

それには気づかず、キャナリーは窓を見て微笑む。

「あら。こっちにもお客さんだわ」

窓の向こうでキツネがこちらを見ていた。

朝ごはんのおすそ分けとして、木の実を持っていこうと台所へ行く。

その間、キャナリーはなんとなく背中にジェラルドの視線を、ずっと感じていた。

（よっぽど奇妙《きみょう》な娘《むすめ》だと思われちゃったかな）

だとしたら残念だけれど、これが自分だから仕方ない。そう思ったキャナリーは、ん？　と首を傾げる。

（残念？　なんでかしら。旅の人にどう思われても、どうでもいいはずなのに）

自分の感覚に戸惑《とまど》ったキャナリーだが、考えてもわからなかった。

朝食後、またもキャナリーは彼らの昼と夜の食材を調達しに、森の中を駆け回った。

キノコや山菜だけでなく、果実、木の実、食べられる様々な野草や根菜。

幸い実りの季節であったのと、長く手つかずの状態だったので、たくさん収穫《しゅうかく》できた。

けれど一年を通してとなると、気候によってはまったく収穫できないし、ラミアとならば保存食にして半月は、ほそぼそと食いつなぐ分量だ。

戻ると乾いた洗濯物を取り込み、ジェラルドの傷の様子を診ることにしたのだが。

「もう本当に大丈夫だ。不思議なことだが、治ってしまったらしい」

シャツを脱がせようとしたジェラルドに、やんわりと断られ、キャナリーは眉を寄せる。

「どうしたの？　まさか痛くなったのを、隠したりしていないわよね？」

「い、いや。自分でもう、しっかりと確認したんだ。それに、つまり、レディの前でそう何度も素肌《すはだ》を見せるものではない、と思い始めて」

確かにキャナリーもなぜか今朝、シャツの前を開いたジェラルドを目にして、妙《みょう》にドキドキしてしまったのを思い出す。

「でも、あの、治療が上手くいったかどうか、確認だけはしなくっちゃ」

「だっ、だめだ！」

シャツのボタンに伸ばしたキャナリーの両手首を、ジェラルドがパッと摑《つか》んだ。

「……ジェラルドさん？」

首を傾げて彼と目を合わせると、ジェラルドはハッとしたような顔をした。

けれどなぜか手は摑んだままで、僅《わず》かに力が籠《こ》められる。

「キャナリーさん……」

今までとは違う、どこか甘さを含《ふく》んだ声で名前を呼ばれ、ぽぽぽっ、とキャナリーは自分の顔が火照《ほて》るのを感じた。

摑まれた手首も、妙に熱い。

何か言おうと口を開いたが、言葉がなかなか出てこなかった。

（い、いきなりどうしたんだろう、ジェラルドさん……）

そのまま沈黙《ちんもく》が長く続き、キャナリーがうろたえると、ガタン、と扉の開く音がした。

「キャナリーさーん！　水はどこに置けばいいですかー？」

水を汲みに行っていたアルヴィンが戻ってきたのだ。

彼の声が聞こえた途端、ジェラルドの手が離れる。

「え、あ、水瓶の横に置いておいてください！」

照れ隠しのようにキャナリーも大声で返すと、アルヴィンが水を置いて部屋に入ってきた。

「……何かありましたか？」

アルヴィンは赤くなっている二人を、不思議そうに見た。

「なっ、なんでもないです！」

「そうですか？　あ、そうだ、キャナリーさん。私たちの回復の早さについて、ジェラルド様とお話しして、思い当たることがありましたよ」

「え？　あっ、ちょっと待って、その前に」

名前を呼ばれ、キャナリーはこれまで感じていた、違和感《いわかん》を口にする。

「お話に入る前に、お願いがあるの。多分だけどジェラルドさんも、アルヴィンさんも、本当なら敬語を使って、『様』をつけなくてはならない人たちでしょう？」

その言葉にジェラルドは、とんでもないという顔をした。

「もしそうだとしても、この家の主は、キャナリーさんだ。つまりこの場ではきみが一番偉い。そんな気遣《きづか》いはしなくていい」

「いいえ、それだけじゃなくて、歳《とし》だって、ジェラルドさんたちのほうが上だと思うわ。ちなみに私は、十六歳」

「俺は十九歳、アルヴィンは二十歳《はたち》だ」

でしょ？　とキャナリーはさらに言う。

「だから、私に『さん』なんてつけなくていいわ。キャナリーって呼んでください。なんだか、あんまり丁寧にされると、背中がもぞもぞ痒《かゆ》くなってくるの」

、するとジェラルドは、きょとんとしてから、ははっと笑い声を上げた。

「痒いのはよくないな。それなら俺のことも、ジェラルドと呼び捨てでいい。いや、ぜひそうしてくれ」

「ジェラルド様！」

アルヴィンが悲鳴のような声を出した。

「私はともかく、ジェラルド様を呼び捨てとは、あまりに無礼、いや、不敬……」

「アルヴィン」

吸い込まれそうな、濃い青の瞳がちらりとアルヴィンを見てから、キャナリーに向けられる。

「この人は、俺の命の恩人だ。どこの誰ともわからない俺たちを助け、家に入れ、寝床《ねどこ》を譲《ゆず》り、自らの服を破って包帯にし、薬を調合して治療を施し、危険を厭《いと》わず深夜の森で水を汲み、ろくに眠りもせずに看病をし、食料を提供し、服を洗ってくれたのだぞ！　そして感謝を求めるどころか、それを当たり前だと言い、何ひとつとして、こちらに要求しようとしない。……これまでの人生で出会った中で、いや、おそらくこの先の人生においても、一番素晴《すば》らしい女性だと俺は思う！」

力強く熱弁を振るわれ、そこまで感謝してくれているのか、とキャナリーはすっかり照れてしまった。人に褒《ほ》められるのは初めてで、どうしたらよいのかわからない。

そんなに言ってくれるなら、もっとたくさんキノコを採ってくればよかった。

「べ、別に、そんな、おおげさよ。二人とも、悪い人には思えなかったし」

「それだけではない。では呼び捨てにさせてもらうが、キャナリー……」

ジェラルドは一度言葉を切り、青い瞳をキャナリーに向ける。

「俺は昨晩、目は閉じていたが、痛みでなかなか寝つけなかった。ところが、きみの優しい、透《す》き通《とお》るような歌声を聞いた途端、すーっと苦痛が治まっていったんだ。アルヴィンも、そうらしい」

「私の、歌？」

「ええ。先ほどお話ししようとしたのは、そのことなのです」

テーブルにつきながらアルヴィンも言う。

「椅子でうつらうつらしながら、子守歌を耳にするうちに、打撲の鈍痛《どんつう》が消え、いつの間にか眠っておりました」

関係ないわよ、とキャナリーは照れるのを通り越して、少し呆れてしまう。

「昨日話したとおり、私の歌は披露会で、地震を起《こ》したのよ。今回は違う歌だから大丈夫だったみたいだけど……。子守歌は昨晩みたいにラミアにいつも歌っていたから、この歌だけでも地震の魔法が発動しないようでよかったわ」

ホッとしつつキャナリーは言うが、ジェラルドは難しい顔になった。

やがてアルヴィンが、思いがけないことを聞いてくる。

「その、ラミアさんという方は、かなりお年を召《め》していたのですよね。持病などは、なかったのですか？」

ううん、とキャナリーはラミアとの日々を思い出す。

「そうね。私が物心ついた時には、もうおばあちゃんだったから、曲がった腰が痛いとか、目が霞《かす》む、とはよく言っていたわ。歯もなかったし。でも何しろ薬草作りの名人だから、すごく長生きだと自慢《じまん》していたけれど」

「きみが物心ついた時に、すでにそんなご高齢《こうれい》だったのか？」

ジェラルドの問いに、キャナリーはうなずく。

「おばあちゃんていくつなの？　って初めて聞いたのが、私が十歳くらいだったかしら。その時、ちょうど百歳じゃよ、って言われてお祝いしたのを覚えてるわ」

「「百歳？」」

二人は同時に叫ぶ。

「待ってくれ。ラミアさんが亡《な》くなったのは？」

「今から、一年半くらい前よ。私が十四歳のころ」

「キャナリーが十歳の時に、百歳。では、亡くなったのは百四歳ということか」

ジェラルドとアルヴィンは、顔を見合わせる。

「そんな！　信じられません。我が国に記録してある、歴史の中の最高齢が、先々代国王の九十八歳です。延命の魔法でも使える者がいたら、別だったでしょうが。そのような癒しや回復魔法が使える者がいるとしたら、伝説の大聖女くらいです」

そうなの？　とキャナリーは驚く。人の寿命《じゅみょう》がどれくらいなのか、知る機会がなかったのだ。

子爵家の家庭教師からは、基本は上流階級の令嬢《れいじょう》としての行儀《ぎょうぎ》作法と言葉遣《ことばづか》い、それに簡単な王国史、教養のための詩や芸術を習うばかりで、そんなことは教えてくれなかった。

「自分が歌うようになったのは、何歳くらいか覚えているかい、キャナリー」

なんでそんなことを聞くのだろう、と思いつつキャナリーは答える。

「え、ええと、そうね。ああ、思い出したわ。木こりのおじさんに、森の魔除《まよ》けの歌だよ、って教えてもらった歌があったの。ラミアがそのころずっと毎日寝込んでしまって、初めて一人で水汲《みずく》みに行った時。確か四歳くらいだったわ。覚えたての歌が嬉しくて、毎日のように歌ったものよ」

「寝込んだ後、ラミアさんは回復されたのか？」

「ええ、あの時は。いつの間にかすっかり元気になって。私が養女に行く前の年までは、キノコ採りにも行ってたわ」

ということは、とジェラルドは、重要なことを打ち明けるように言う。

「キャナリーが赤《あか》ん坊《ぼう》の時に、ラミアさんは九十歳。長生きとはいえ、すでに身体はあちこち弱っていた。そして九十四歳で寝込む。もしかしたら、そのまま天寿《てんじゅ》をまっとうする可能性もあったかもしれない。その時四歳のキャナリーが、歌を歌い始めた。そしてラミアさんは回復して元気になり、さらに十年近く生き百四歳という驚くべき年齢《ねんれい》に達した」

で？　とキャナリーがきょとんとしていると、アルヴィンがガタン！　と音をさせて席を立つ。

「そ、それでは、やはり推測どおりキャナリーさんの歌に、治癒や回復の魔力が秘められていると？　だとしたらそれは、とんでもない魔力の持ち主ということですよ！」

「ないない、それはないわ」

キャナリーは思わず、笑ってしまった。

「言ったでしょう？　私の歌に魔力はあるにはあるみたいだけれど、目覚めの儀式《ぎしき》でも、何も感じなかったし」

「自分で気がついていないだけで、実はとっくに魔法に覚醒《かくせい》していたから、儀式では何も感じなかった、という可能性もあるぞ。昨晩もその前も、この家で歌っていた時に、地震など起きなかったじゃないか」

「あれは別の歌だったから、魔力がのらなかったのかもしれないわよ。それにダグラス王国には地震って、ほとんどないって聞いてるわ。少なくとも、王国の歴史書に記載《きさい》がないそうよ。いくらなんでもそんな滅多《めった》にないことが、私が歌うと同時に起こったなんて偶然《ぐうぜん》は、あり得ないと思うの」

「もしかしたら、地震を起こす魔法ではないのかもしれないですよ」

アルヴィンの言葉に、キャナリーはびっくりしてしまう。

「地震が起こったのは本当よ？　それに何種類もの魔法が使えることなんてあるわけないじゃない」

歌姫《うたひめ》で覚醒した魔力持ちが使える魔法は、一種類と決まっている。

笑いを含んだ声で言ったが、ジェラルドは妙に真剣《しんけん》な顔をアルヴィンに向ける。

「確かに王族以外では何種類もの魔法を使えることはない。だがアルヴィン、何かそう感じるのか？」

「はい。微妙《びみょう》に事態が変わったと感じます。国内に入れば、もっと詳しいことがわかるのではないかと思いますが」

まさかダグラス王国に用事がある人々なのか、とキャナリーは察する。

商用か、それとも交流のある貴族がいるのか。

自分の魔法に、ダグラス王国――空気が変わるのをキャナリーは感じていたのだった。


午後になると、もうすっかり元気になったからと、アルヴィンがこの辺りの様子を見てくると言って出て行った。

キャナリーはジェラルドにお茶を淹《い》れる。

「お茶菓子《ちゃがし》が、何もなくってごめんなさいね。前なら保存用のジャムが壺に四つあったんだけど。この家に戻ることは滅多にないと思って、子爵家へ行く時に、全部食べてしまったの」

あの壺よ、とキャナリーは空っぽになった馬の頭くらいの大きさの陶器《とうき》を指差した。

「ええと、キャナリー。ずいぶんと大きな壺だと思うんだが」

「そうなの、たっぷり入るのよ」

「あの壺四つに入ったジャムを？」

「そうよ、ベリーが二つと、オレンジと、こけもも」

「全部きみ一人でたいらげたのか？」

「ええ。美味しかったわあ」

思い出してうっとりしていると、くす、と小さくジェラルドが笑った。

「食いしん坊なんだな、きみは」

「えっ。そ、そう？　まあ確かに、食べることは好きよ」

少し恥ずかしく思いつつ認めると、ジェラルドは、すまなそうな顔になる。

「だというのに、食料を分けてもらって申し訳ない。このポットのお茶だって、貴重なのだろう？　よかったら、きみも一緒《いっしょ》に飲んでくれ」

本当なら、長く留守にして汚れた部屋を早く掃除《そうじ》したかったのだが、どちらにしてもお客さんがいては、埃を立てられない。

それにジェラルドと話すのは楽しいと感じていたので、キャナリーは素直に従って、べッドの傍でお茶を飲むことにする。

改めてまじまじとジェラルドを見たキャナリーは、思わず感嘆《かんたん》の声を出してしまった。

「窓からの光に銀髪が光ってる。それに瞳が本当に、宝石みたいに青くて綺麗ね……」

するとジェラルドは、なぜか慌てたような様子になった。

「そ、そうか？　俺の家族はだいたいそうなので、自分では何も思わなかったが。そんなふうに言われると、嬉しいものだな。ありがとう」

「お礼を言われるようなことじゃないわよ」

キャナリーは思わずくすくす笑う。

「きみこそ、キャナリー。つややかな黒髪《くろかみ》がとても綺麗だ。それに俺は、きみの温かな瞳が、その……す、好きなんだ」

えっ、と今度はキャナリーが慌ててしまった。

「ほっ、本当？　私も嬉しいわ、そんなふうに言ってもらえると」

ジェラルドと話していると、不思議と顔が熱くなることが多い。

そんなキャナリーに、なおもジェラルドは言う。

「そしてきみの声も。昨晩の子守歌は、胸の芯《しん》から癒される思いがした。それだけじゃない。食事も、何もかも……こんな穏やかな日々は初めてだ。ずっと続けていたいと、俺は思った。――この先、ずっと……年老いても、いつまでも」

わあ、とキャナリーはすっかり嬉しくなって、両手で頬を押さえた。

「私、自分の歌で迷惑《めいわく》をかけたせいで自信をなくして、とても落ち込んでいたのよ。でもジェラルドがそんなに褒めてくれて嬉しい」

キャナリーの言葉にジェラルドは、なぜか緊張《きんちょう》した面持《おもも》ちになる。

「……キャナリー。きみは十六歳だったな。もしかして、もう恋人《こいびと》はいるのか？　あるいは、言《い》い交《か》わしてはいないが、心に決めた相手は」

それはどういう意味だろう、とキャナリーは考え込んでしまう。

「なぜそんなことを聞くの？　私はずっと、ラミアと二人でここにいたのよ？」

キャナリーは薬で埋《う》め尽くされた、古くて狭《せま》い室内を、ぐるっと指差した。

「王立歌唱団に、男性はいなかったし。それに貴族の男性は、誰も私なんて目に入らなかったみたい」

するとジェラルドは、表情を和《なご》ませる。

「そうか、それならいい。焦る必要はないわけだな。しかしバカな男どもだ。……ところで、きみの淹れたお茶はすごく美味しいな。料理も上手だし」

「そう？　ラミアに木の枝で叩《たた》かれながら、鍛《きた》えられたかいがあったわ」

笑って答えるキャナリーに、ジェラルドも苦笑《くしょう》した。

「いろいろな意味で、すごい人だったみたいだな、きみの育ての親は。昨日はあまりよく見られなかったが、外に薬草園もあったようだ」

「ええ。ラミアはどこかの国の生まれらしいんだけれど、そこでは薬草に詳しいと、魔女《まじょ》と呼ばれて捕《つか》まったり、嫌《いや》がらせをされたりすることもあったんですって。ひどい時は、牢屋《ろうや》に入れられたそうよ。ここはどの国にも属していない森だし、近くのダグラス王国は、薬草が一番の特産品でしょう？　悪く言う人もいなくて暮らしやすいから、この森に住んだらしいわ」

「ダグラス王国といえば、腹痛の白い丸薬、頭痛の黒い粉薬、で有名だからな」

「有名なのはそのふたつね。でも睡眠薬《すいみんやく》や化膿止めだってよく効くのよ」

得意げに胸を張ってから、小さく溜《た》め息《いき》をつく。

「まあ、追放された身だからもうダグラス王国で商売はできないんだけどね」

今後の稼《かせ》ぎについても、キャナリーはどうしようかと頭を悩《なや》ませていた。

森に帰ってきたのはいいが、どう生活するかは改めて考えていかなければならない。

「きみの才能を活《い》かさないなんて、国にとって損失だろうに愚《おろ》かなことだ。特別に田畑の土がいいわけでも、軍事力があるわけでもない王国が豊かなのは、薬のおかげだろう。それに、ゴーレムが出ない」

「そんなに他の国は、その怪物にひどい目に遭《あ》っているの？　こっちに来なくてよかった。だってダグラス王国の王族だと不安だもの」

キャナリーはあの、甘ったれた王太子の顔を思い出し、げんなりして言った。

「その怪物を倒せるのは、魔法だけって言ってたわよね。令嬢の歌にちょっと魔力があるくらいじゃ、とても無理でしょう？　だったら王族が魔法で戦うことになるんでしょうけど、あそこの王族たちには無理よ。なのに、そんな怪物が来たら……」

言いながら心配になってきたキャナリーは、ジェラルドのほうを向いてハッとした。

深く青い瞳が、ひたとキャナリーを見つめていたからだ。

どういうわけかまたしても、首から上がぼわっと熱くなってくる。

「ええと、あの、ジェラルド？」

「きみのことは、俺が守る」

低い、真剣な声で言われるうちに、心臓の鼓動《こどう》が速くなってきた。

「そ、そう言ってくれるのは嬉しいけれど。でも、ずっとここに、あなたにいてもらうわけにもいかないし、こん棒もほうきもあるから、怪物くらい私が一人で」

焦りながら説明していると、真剣だったジェラルドの表情が、ふっと和んだ。

「キャナリー。預けた剣《けん》があるだろう。それをここに、持ってきてくれ」

「汚れが気になるの？　昨日、小川で洗っておいたから、綺麗だと思うわ」

「そんなことまでしてくれていたのか、きみは」

「ええ。あっ……でも、騎士《きし》の剣に勝手に触るのはいけないって、子爵家で習ったかも。

ダグラス王国では、騎士に会う機会がなくって忘れていたわ。もしかしたらジェラルドって騎士？　いけないことをしていたら、ごめんなさい」

「いや。きみならば、まったく問題ない」

「そ、そう？　じゃあ、よかった」

キャナリーは顔の熱が収まってほしいと念じつつ、戸口の傍に立てかけていた、大きな黒塗りの鞘に入った剣を取りに行く。

「重たいわよねえ。よくこれを振ったりできるわ」

言いながら持っていくと、ジェラルドはベッドから、少しふらつきながらも降りた。

そのまま、ジェラルドはすらりと剣を鞘から抜く。

「えっ！　何をするつもり？」

びっくりしているキャナリーの正面に立ったジェラルドの頭が、急にストンと低くなる。

キャナリーの前に、ひざまずいたのだ。

「ジェラルド……？」

呆気《あっけ》に取られていると、青い瞳がこちらを見つめて言う。

「この剣の柄《つか》を、両手で持ってほしい」

「わ、わかったわ。でもいったい、どういうこと？」

尋ねるキャナリーを見上げ、ジェラルドは静かにつぶやいた。

「風も水も土も火も聞け。我は今この剣を持つ者を主とし、忠誠を誓《ちか》う。この約束をたがえた時は、その四つの威力《いりょく》をもってして、我を罰《ばっ》すべし」

動揺《どうよう》しているキャナリーに、冷静にジェラルドは続けた。

「キャナリー。剣を受け取った、と言ってくれ。それから、柄を額につけて」

「えっ。……け、剣を、受け取った……」

キャナリーは言われたとおり、次に剣を持ち上げて、柄の部分を軽く額につけた。

一瞬《いっしゅん》、パッ、と目の前が明るくなった気がする。

「今のは何？　……これでいいの？　はい、返すわよ」

物騒《ぶっそう》なものを持っているのが怖くて、キャナリーは急いでジェラルドに剣を渡した。

ジェラルドは妙に嬉しそうに、剣を鞘へと仕舞《しま》う。

「キャナリー。今の一連のやりとりは、『剣の誓い』だ。国によって正式な作法に違いはある。けれど騎士も戦士も、剣を扱《あつか》う者にとって、この誓いは神聖なものだ」

「初めて知ったわ。ええと、それを誓うとどうなるの？」

混乱しているキャナリーに、ジェラルドは微笑む。

「つまり、俺の剣の主は、きみということだ。危険が生じた時には、俺は何よりもまず、キャナリーを守るという約束だよ」

「そ、そう、なの」

キャナリーはどう返事をしていいか、どんな態度を取ればいいのか、わからなかった。

「でも、あの、そうだわ！　それじゃあ私も、なるべくジェラルドを守るようにするわね。一方的なのって、不公平でしょ？」

キャナリーの言葉に、ジェラルドは白い歯を見せた。

「面白《おもしろ》いなあ、きみは。本当に、これまでこんな女性に会ったのは初めてだ」

事態が呑《の》み込めないままのキャナリーだったが、気に入ってくれたらしい、というのは理解できる。

「それは、お友達と思っていいっていうこと？」

「そうだな。当面はそれでいいことにしよう」

「当面？」

それはとりあえず今は、という意味だろうか。先々は違うのだろうか。

どうも時々ジェラルドの言うことは、遠回しでよくわからない。

けれど、はっきりわかっていることがある。それは明日から、一人きりになるということだ。途端にキャナリーは、これから先の厳しい生活を思い浮かべ、目を伏《ふ》せる。

「……でも、せっかくお友達になったのに寂しいわね。体力が戻ったら、明日くらいにはここを発《た》つんでしょう？」

たった二日ではあるが、ジェラルドと過ごした時間はとても楽しかった。

忙しく駆け回ったおかげで、将来の悩みや不安を忘れていられた、というのもある。

しかし一人になったらそれに加えて、一気にラミアがいなくなってしまった悲しさや、孤独《こどく》感が襲ってくるだろう。

その心細さをぐっと堪えて、キャナリーは笑みを作って言う。

「どうか気をつけてね。もしもまたこの付近に来ることがあれば、いつでも家へ寄っていって。精一杯《せいいっぱい》もてなすわ」

「キャナリー。……俺と一緒にいてほしい」

えっ？　と、突然のことに目が点になる。

お別れの言葉を言ったのに、「一緒にいてほしい」と真逆の応えが返ってきたのだ。

言葉の意味に戸惑っているキャナリーの腕を、ジェラルドは急に引いた。

「──俺と一緒にいてくれ……」

ぽすん、とジェラルドの胸に抱《だ》き寄せられ、低く甘い声でそう囁《ささや》かれたキャナリーは、ひたすらうろたえ続けてしまう。

何しろ、異性にこんなふうに抱き締められるどころか、手を握《にぎ》られたこともない。

（どどっ、どうしたの、ジェラルド。っていうか抱き締められたからって、なんで私、頭がぐるぐるしているの。キツネやウサギを抱っこした時には、ほっこりするだけなのに）

「まっ、待って！　あの、えっと、こんなふうにされると、苦しくて」

苦しいのは、本当だった。なぜか胸を突き破《やぶ》ってしまいそうなほど、心臓がばくばくんと暴れている。頭がぼーっとするほど熱いし、言葉も上手く出てこない。

混乱して両手を胸板《むないた》に突っ張ろうとすると、ようやくジェラルドの腕の力が緩《ゆる》む。

キャナリーは、そっとジェラルドの胸を押すようにして、抱擁《ほうよう》から抜け出した。

ジェラルドは、心配そうに瞳を揺《ゆ》らしてこちらを見つめる。

「驚かせてごめん。しかし、どうしても我が剣は、きみに捧《ささ》げたかったんだ。こんなにまで信頼《しんらい》できる女性とは、もう出会えないと思ったからね。むろん、どうしても迷惑だと言うならば……精霊に背《そむ》く罰《ばつ》は、俺だけが受ければ済む話だが」

「そんな。違うの、迷惑だなんて、全然思ってないわ。ちょっとびっくりしただけ」

まだ胸はバクバクしているし、首から上が全部熱くて頭がちゃんと働かない。

旅の同行という、急な申し出に即座《そくざ》には返事ができず、キャナリーは考え込む。

(私には森での暮らしが合ってるわ。この家も好きだし、寂しくても動物たちがいるし)

「もちろん、きみは森での暮らしが好きだろうけれど、俺たちはその森の恵《めぐ》みを、かなりいただいてしまったはずだ。そのお返しをさせてくれないかな」

気を遣《つか》わせてしまったのかと思い、キャナリーは慌てた。

「そんなのいらないわ。言ったじゃないの。私がしたくてしたことよ」

「それなら、俺がしたいことだってさせてほしいな」

ジェラルドは、明るく笑ってみせる。

「これからの旅の先々で、きみに美味しい料理を、お腹いっぱいご馳走させてほしいんだ」

「えっ！」

（お腹いっぱいのご馳走……！）

キャナリーの脳裏《のうり》に、子爵家で出された肉や魚、様々な料理が駆け巡《めぐ》る。ほかほかの焼きたてパン、分厚いハム、コクのあるチーズに濃いミルク、ほっくりした白身の焼き魚に、じゅわわと肉汁《にくじゅう》の溢《あふ》れるステーキ。

「もちろん、甘いお菓子《かし》もどっさりだ」

とろとろ蜂蜜《はちみつ》、ふわふわスフレに冷たい生クリーム、つややかな果実のジャムとしっとりスポンジケーキ。

ジェラルドは冗談《じょうだん》っぽく笑って言ったが、先々の生活を心配していたキャナリーにとって、あまりに魅力《みりょく》的な提案だった。

ラミアがいないこの家で寂しさに耐えるより、ジェラルドと旅をして、ご馳走を一緒に食べられるなら、それはどんなに素敵《すてき》な日々だろう。

「……わ、わかったわ。私、ジェラルドの旅についていきたい。本当に、いいのね？」

キャナリーの言葉に、一気にジェラルドの表情は晴れやかになり、白い歯が零れる。

「もちろんだ！　よかった、承諾《しょうだく》してくれて嬉しいよ、キャナリー。それなら早速、通行手形も旅支度《じたく》も、こちらで用意しよう。それでいいな、アルヴィン」

ちょうど戻ってきて、ドアを開いたアルヴィンに、ジェラルドが言う。

「はい？　なんのお話ですか」

「キャナリーを、一緒に連れて行くという話だ。手形のための書類と、彼女のための馬車が必要になるが」

「ジェラルド様が、そうされたいというのであれば。キャナリーさんは、ジェラルド様の命の恩人ですから、私にとっても大切な方です。けれど、そのためにはまず、はぐれた者たちと合流しなくては」

「うん。無事でいてくれるといいのだが」

「ジェラルド様も、明日には魔力も回復されるでしょう。私の魔法具も、力を取り戻し始めました。特に悪い予感もしないので、おそらく、皆無事と思われます。出かける途中、この場所を示した伝令魔法具を飛ばしておきました」

「では明日には合流できるかもしれないな」

魔法具？　伝令？　とよくわからない話にキャナリーは首を傾げる。

（そういえば、ジェラルドはゴーレムと戦える、っていうことは、魔力があるのよね。さっき、魔力の回復がどうとか言っていたし。もしかすると、どこかの王族？）

考えかけたキャナリーは、まさかね、と首を振った。

(だって私が剣の主、っていうのになったみたいだもの。王族が迂闊《うかつ》にそんな誓いを、私と交わすわけないじゃない)

さらに、旅に同行するよう誘《さそ》われた後ではなおのこと、そんなことがあるわけない、としか思えない。

(それに、別にジェラルドが王様でも、怪物でも、なんでもいいわ)

ただ明日からもジェラルドと一緒にいられるのだ、と思うとキャナリーはそれだけで、心が弾《はず》んで仕方なかった。


翌朝、二人の傷も体力も、驚くくらい完全に回復していた。

ジェラルドの縫うほどだった深い傷まで、ほとんど痕も残っていないくらいだ。

家を出て間もなく森を抜けた街道に、複数の馬車が止まっている。

「ジェラルド殿下《でんか》！　アルヴィン様もご無事で何よりでございました！」

転がるようにして駆けてきた大勢の従者たちが、二人を見て涙《なみだ》を流して喜んでいる。

ご馳走、ご馳走、と上機嫌《じょうきげん》だったキャナリーだが、さすがにこの状況に戸惑い始めた。

（この馬車……子爵家のものより、何倍も豪華《ごうか》で立派に見えるわ）

そしてキャナリーには、気になったことが他にもあった。

（ジェラルド殿下、って言ったわよね？　それに、馬車に打ち出された金の紋章《もんしょう》の立派なこと。これは獣の脚《あし》をした大きな鳥みたい。結局聞きそびれていたけれど、どこの国の人たちなんだろう）

立ち尽くしているキャナリーに、ジェラルドが駆け寄ってきて言う。

「キャナリー。きみには、女性用の馬車を用意した。快適に乗れるよう、上等のクッションを用意させたよ。軽食もある。到着《とうちゃく》したら、部屋は隣《となり》にしてもらおう」

「え、ええ。ありがとう」

ところで、と聞きかけたキャナリーだったが、再びジェラルドは従者や護衛の者たちに囲まれてしまう。

呆然《ぼうぜん》としていると従者たちが駆けてきて、丁寧に礼をした。

「キャナリー様、どうぞ、あちらのお馬車へ」

「えっと、その前に。少しお尋ねしたいんだけれど」

親切そうな従者の一人に、キャナリーは疑問を口にする。

「あなたたちって、どこの国の人？」

「はい？」

「ジェラルドって、何者なの？」

「はっ、えっ、はああ？」

仰天《ぎょうてん》した様子の従者は、珍獣《ちんじゅう》でも見るような目をキャナリーに向けつつ答えてくれる。

「わ、私どもは、グリフィン帝国《ていこく》から参りました。ジェラルド皇子殿下は皇帝《こうてい》陛下のご子息、第三皇子であらせられます」

「ああ、そう、グリフィン帝国……皇帝陛下の……」

じわじわと、従者の言葉の意味が頭の中に染みていくにつれ、キャナリーは目を真ん丸に見開く。

「えええええ!? ここっ、皇帝陛下の子息？　ジェラルド、おっ、皇子殿下？」

はい、と当然のように従者はうなずいてから、馬車のほうを見た。

「さあ、お急ぎください、もう出立します」

「あっ、あのっ、もうひとつ」

従者たちに追い立てられるように馬車へ向かいながら、キャナリーは言う。

「これからどこへ行くの？」

まさか本当に、ダグラス王国へ行くのだとしたらどうしよう。

「ダグラス王国の、王宮です」

サーッとキャナリーは、頭から血の気が引く音を聞いた。ダグラス王国というだけでもまずいのに、王宮とは……。

　何しろつい先日、王太子に追放された身なのだ。

「待って、待って、ちょっとストーップ！」

「あっ、もうジェラルド様の馬車が動き出しましたよ！　お早く！」

「酔《よ》い止めのお薬もあるので、ご心配なく！」

　両脇《りょうわき》から従者たちがキャナリーを抱えるようにして、馬車のほうへと連れて行く。

「違うの、聞いて、ちょっと待ってええ！」

　こうしてキャナリーは問答無用の状態で、可愛らしい女性用の馬車に乗せられ、よりによって追放されたばかりの王国へ、向かうことになったのだった。

第三章 王宮の手のひら返し

（ま、まずいわ。なんでこんな状況《じょうきょう》に⁉）

ダグラス王国へと馬車が入り、窓につけられたカーテンの隙間《すきま》から、キャナリーは目を見開いて辺りを見ていた。

城壁《じょうへき》の番兵から、城の門番に至るまで、凄《すさ》まじい腰《こし》の低さと歓迎《かんげい》ぶりだったのだ。

（ジェラルドって、すごい人だったのね。どうしよう私、鼻をつまんじゃったわ）

そう考えつつ、キャナリーは従者がくれたおやつのボンボンを舐《な》めていた。

「わぁ！　何これ。こんな美味《おい》しいお菓子《かし》、初めてかも。かしゅっ、て口の中で外側の砂糖細工が砕《くだ》けると、中からじゅわわって果汁《かじゅう》が出てくる……」

美味しいものを食べると、たいていのことはどうでもよくなってしまう。

そんなキャナリーだったが、王宮の馬車止めに入り、そこで降りることになると御者《ぎょしゃ》に告げられ、さすがに緊張《きんちょう》した。

王宮前には、王族が勢揃《せいぞろ》いして出迎《でむか》えていたからだ。

ジェラルドが馬車を降りていくと、王太子や王妃《おうひ》、それに体調が悪いはずの国王まで摂《せっ》政《しょう》に支えられながら、握手《あくしゅ》をしている。

国王が、何か挨拶《あいさつ》をしているが、弱々しい声はここまで聞こえてこなかった。

（しっかりお腹《なか》もいっぱいになったし、逃《に》げるなら今ね！　ジェラルドには落ち着いたら、手紙を書くわ。ちゃんと届けられるかは、わからないけれど。……今ここで王太子に見つかったら、この世とお別れになっちゃうかもしれないもの！）

そう考えたキャナリーは、そっと馬車を降り、忍《しの》び足《あし》でその場から立ち去ろうとしたのだが。

「道中に困難が生じ、王太子殿下《でんか》の誕生祝賀会に遅《おく》れて申し訳なかった。ともあれ、私の大事な人を紹介《しょうかい》させていただきたい。キャナリー！」

凛《りん》とした大きな声で名前を呼ばれ、キャナリーはビクッとして立ち止まった。

晴れやかな笑顔《えがお》と弾《はず》む足取りで、ジェラルドが近づいてくる。

（ぎゃー！　駄目《だめ》よ、王太子に見つかっちゃう！）

しかしもう遅《おそ》い。ジェラルドが手をがっしりと掴《つか》んできた。

ひええ、とキャナリーは首をブンブン左右に振《ふ》り、小声で彼に訴《うった》えかける。

「ジェ、ジェラルド、私がここにいたらまずいことは知っているでしょ⁉」

「大丈夫《だいじょうぶ》だ、キャナリー。俺がついている」

そう耳元で囁《ささや》くとジェラルドは、キャナリーの腰に手を回して、躊躇《ちゅうちょ》なく歩き始めた。

近づくにつれ、王太子と摂政の目が見開かれていく。なんでこんなところにお前が、と言いたくても声が出ないのか、口があんぐりと開いている。

そんな彼らに構わず、ジェラルドは堂々と宣言した。

「こちらは私の大事な人、キャナリーだ。決して礼を欠くことのないよう、私と同じ待遇《たいぐう》を約束してほしい」

（えっ、大事な人⁉　同じ待遇って、そんなの無理に決まってるじゃないの。そっ、それに、腰！　腰にジェラルドの手が！　なんだか密着してる！）

キャナリーは恥《は》ずかしいやらびっくりするやら逃げ出したいやらで混乱し、今にもめまいを起こしてしまいそうだった。

ざわっ、とダグラス王国の一同も、当然ながら驚《おどろ》いている。

何しろ先日追放されたばかりの、もう貴族ですらない女。

そのキャナリーを帝国皇子《ていこく》が、なぜかエスコートして紹介しているのだ。

不穏《ふおん》な空気が流れる中、はっきりと言ったのは、国王陛下だ。

「も、もちろんでございます、ジェラルド皇子殿下。こちらのご令嬢《れいじょう》も、歓待させていただきます」

（え！　いいの⁉）

国王陛下の意外な返答に驚きつつ、ジェラルドがいかにこの国にとって歓迎される立場の人物かを知り恐縮《きょうしゅく》する。

その隣《となり》ではランドルフ王太子が、愕然《がくぜん》とした顔でキャナリーのことを、何かもの言いたげに口をパクパクさせながら見つめていた。

けれど、何か？　というようにジェラルドがそちらを一瞥《いちべつ》すると、への字に口を引き結び、披露会《ひろうかい》でのようなわがままも暴言も、まったく口にしなかった。


「えー、あの、ジェラルド皇子殿下にあらせられましては、いろいろと大変な失礼をば、いたしめされまして」

ジェラルドのために用意された客間は、もしかして国王陛下よりすごいのではないか、と思うくらいに豪華《ごうか》な内装だった。

キャナリーの部屋も同じくらい華《はな》やかだし、護衛たちにも、小宮殿《しょうきゅうでん》が宿舎としてあてがわれているらしい。

雲の上の人だったんだわ、と緊張で舌を噛《か》みそうになりながら挨拶するキャナリーに、やめてくれ、とジェラルドは苦笑《くしょう》した。

「これまでのように話してくれ、キャナリー。急に距離《きょり》ができたように感じて悲しくなる」

「そ、そう言うけれどジェラルドは皇子様なんでしょう？」

「そうだが、かしこまっても今さらだろう。きみは裸足《はだし》で走ってきて俺に鞄《かばん》を投げつけ、鼻をつまんで薬を飲ませてくれた」

「……本当に、前と同じでいいの？」

「変わるほうがおかしい」

ほっ、とキャナリーは胸を撫《な》で下《お》ろす。

「ありがとう。皇子様に大変なことをしちゃったと思って反省していたの」

キャナリーはジェラルドに座るよう促《うなが》された、華奢《きゃしゃ》な椅子《いす》に腰かけた。

テーブルを挟《はさ》んで正面にジェラルドが座り、背後にはこれまでと同じように、アルヴィンが控《ひか》えていた。

「詳《くわ》しいことを聞いていなかったから、びっくりしちゃった。話せない事情があったのかもしれないけれど、もう少し説明してほしかったわ」

「すまない。本当なら身体《からだ》が回復さえすれば、きみにはお礼だけをして、出て行くつもりだったからな。キャナリーだって、そうだろう？」

「ええ、そうね。二人の怪我《けが》が治ったら、お別れだと思っていたわ」

「でも俺は、そうしたくなくなってしまった自分の気持ちにはっきり気がついたから、剣《けん》の誓《ちか》いもしたんだ」

　はあああ？　という大声が、ジェラルドの背後から聞こえた。アルヴィンだ。

「ちょっ、待っ、えっ、剣の誓いをされたんですか？　キャナリーさんと？」

「そうだが。何か問題でもあるか」

　アルヴィンは怒《おこ》るというより、驚きで呆然《ぼうぜん》とした顔で言う。

「ジェラルド様の剣は聖なる剣、帝国の剣なのですから。た、確かにキャナリーさんは素《す》晴《ば》らしい女性ですが、だからといってうかうかと、簡単に」

「何が簡単だ。何度でも言うが、キャナリーは俺の命の恩人であり、特別な存在だ。あそこで俺が死んでいたら、聖なる剣も何も、あったものか」

　あのう、とキャナリーは恐《おそ》る恐る尋《たず》ねる。

「剣の誓いって、そんなに大変なものだったの？」

「精霊《せいれい》に誓う、正式な契約《けいやく》なのです。キャナリーさん、これだけは胸に刻んでおいてください。あなたを守ると誓ったこの方は、偉大《いだい》なる帝国の皇子です。その皇子たる者が誓った相手との距離が開くと開いた分だけ、剣で戦う際の魔力《まりょく》は、激減してしまうと言われています」

　頭を抱《かか》えるアルヴィンに、ええっ、とキャナリーは目を見開いた。

「ジェラルド、そんな大変なこと、なぜ言ってくれなかったの！」

それは、とジェラルドはためらうように一呼吸おいてから、真剣《しんけん》な声で言う。

「どうしてもきみと一緒《いっしょ》にいたかった。だから強引《ごういん》に誓わせてしまったが、きみに責任は背負わせたくはない。今でも、どうしても拒《こば》むと言うなら、きみの意志を尊重するつもりでいる」

説明を聞くうちに、なんだかキャナリーは、胸がいっぱいになってしまった。

「驚いたけど、拒んだりしないわ。私を選んでくれてありがとう、ジェラルド」

地位はともかく、ジェラルドの人柄《ひとがら》に好感を持っている。

その彼が、神聖な誓いを自分と交《か》わしてくれたのだと思うと、素直《すなお》に嬉《うれ》しかったのだ。

ジェラルドは、男らしく引《ひ》き締《し》まった頰《ほお》を、少しだけ赤くする。

「こちらこそ、ありがとうキャナリー。拒絶《きょぜつ》しないでくれて、嬉しいよ。さあ、まずは約束を果たそう。美味しいものを、たっぷりとね」

ジェラルドはテーブルに置いてあったガラスの呼《よ》び鈴《りん》を振り、侍女《じじょ》を呼んだ。

「お茶と何か、軽食を。女性の喜ぶ、甘いものなどを頼《たの》む」

即座《そくざ》に顔を出し、了承《りょうしょう》した侍女は、間もなくワゴンに何種類もの焼き菓子類や、パン、果物などを乗せて戻《もど》ってきた。わあ、とキャナリーは目を輝《かがや》かせる。

「いい香り！　焼いた果物をどっさり乗せたタルトが美味しそう。熟《う》れて食べごろの果実がみんな、つやつやしてるわ。ああ、こっちのケーキにかかっているのは、蜂蜜《はちみつ》よね？」

侍女が下がると、ジェラルドはどうぞと言うように微笑《ほほえ》んだ。

「キャナリーは、ゆっくり食べながら聞いてくれ。この国を訪問した経緯《けいい》を、これから説明するよ。アルヴィン、結界を」

話を聞きながら、キャナリーは遠慮《えんりょ》なくタルトを手に取り、頬張《ほおば》った。

果実の酸味と、しっとりした生地《きじ》の甘みが、絶妙《ぜつみょう》に合わさって素晴らしく美味しい。

（くうう。舌が全力で、喜びの舞《まい》を踊《おど》り出しそう！）

そうしてキャナリーが、満面の笑《え》みでタルトをもぐもぐしている間。

アルヴィンは両手を広げ、複雑に指を組んでから、小声で何かを唱えていた。

「結界を張りました。誰《だれ》にも盗《ぬす》み聞きされる心配はありません」

「よし。では話を始めよう。……今回、我々が帝国から遣《つか》わされたのは、表向きにはランドルフ王太子の誕生日祝いだ」

ああ、とキャナリーは思い出す。

「そういえばそうだったわね。でも、表向きって？」

「裏は違《ちが》うということです。我々は、聖獣《せいじゅう》を捜《さが》しているのです」

話を継《つ》いだアルヴィンは服の内側から、羊皮紙を取り出し、広げてみせる。

そこには純白の、丸い顔とつぶらな瞳《ひとみ》をした、鳥のような姿が描《えが》かれていた。

「あら、すごく可愛《かわい》いじゃない！　この聖獣が、ダグラス王国にいるの？」

「はっきりとはしていないが、アルヴィンは気配を感じる、と言っている」

ジェラルドの言葉にアルヴィンはうなずいたが、キャナリーは不思議に思った。

「アルヴィンは、王族ではないのよね？　それなのに魔力があるの？」

「先祖に王家の血を引く者がいたようです。ですから明かりを灯《とも》すくらいの簡単なものならば、ジェラルド様から授《さず》かった魔法陣《まほうじん》を通して可能です」

アルヴィンが誇《ほこ》らしげに手のひらを見せると、不思議な、丸い模様が刻まれていた。

「これが、魔法陣……」

「はい。それに私は神官ですので、精霊の力を借りることによって、一般《いっぱん》の方々よりも簡単に魔法具《まほうぐ》を使いこなすことができます。つまり工夫《くふう》によっては魔法を使えますが、皇族や王族の方々のように、生まれながらの大きな魔力で戦えるわけではありません」

「アルヴィンは神官の中でも、突出《とっしゅつ》した才能を持っているんだ。昨年神職に就《つ》いてから、日夜魔法具で探索《たんさく》し、ようやくダグラス王国に、聖獣の気配を探《さぐ》り当《あ》てた」

なるほどと二人の説明に納得《なっとく》したキャナリーだったが、疑問はそれだけではなかった。

「その聖獣を、なんで捜しているの？」

「もともと聖獣は、帝国近くの山奥《やまおく》に住んでいたんだ。人里に舞《ま》い降《お》りてきて人々に懐《なつ》き、皇族も聖獣を大切に扱《あつか》った。なぜなら聖獣は、ゴーレムの天敵だからだ」

キャナリーはその名前を聞いて、すぐに思い至る。

「ゴーレム。あなたたちを襲《おそ》った、怪物《かいぶつ》よね」

「そうだ。俺が物心つくころまでは、聖獣がいたために、我が国にはゴーレムの被害《ひがい》がなかったという。聖獣は周辺の上空を飛んで回っていたから、近隣国《きんりんこく》も同様だ」

「それが、いなくなってしまった……？」

「そうなのです。十五年ほど前に。それ以来、私たちは常にゴーレムの脅威《きょうい》にさらされ、魔力を持つ皇族たちが、最前線で常に危険に身をさらしてきました」

ううん、とキャナリーは難しい顔をして、窓の外を見た。

「でもこの国で、聖獣が飛んでいるのなんて、見た覚えがないわ。森の中でも」

「しかしこの国には、ゴーレムが襲ってこないのだろう？」

「そうよ。だからここの王太子に、怪物を追《お》い払《はら》える魔力があるのかも知らないし、鍛錬《たんれん》してるって話も聞かないわ」

ジェラルドもアルヴィンも、眉間《みけん》にしわを寄せて聞いている。

「なぜでしょうね。我が帝国は今のところ大丈夫ですが、国によっては王族が何人も、ゴーレムとの戦いで命を落としているのです」

アルヴィンの言葉に、キャナリーはゾッとする。

「戦えるのが王族と皇族だけなんて……。そのうえ、聖獣がいなくなっちゃったら、農民や商人だって、怖《こわ》くてとても普通《ふつう》に暮らせないじゃないの」

そのとおり、とジェラルドが肯定《こうてい》する。

「だから我々は、一刻も早く聖獣を見つけたい。聖獣の意志で、我が国から遠ざかったのならば、仕方がないとあきらめもつく。しかし、そうとは思えない」

「幼いころのジェラルド殿下に、懐いておりましたからねえ」

懐かしむような、切ない表情でアルヴィンが言う。

「聖獣は単にゴーレムを追い払う天敵、というだけではないのです。我が国の民《たみ》と心を通わせ、人間への愛情を持ってくれている、愛すべき生き物でした」

「俺は子どものころから、あいつが可愛くて仕方なかった。元気でいるといいんだが」

聞きながらキャナリーは改めて、聖獣の絵を見る。

確かに愛嬌《あいきょう》のある姿をしているし、ふかふかで可愛らしい。

「私も会ってみたいなあ」

つぶやいたその時、部屋の扉《とびら》がノックされる。

「失礼いたします。ジェラルド皇子、およびグリフィン帝国ご一行様の、歓迎の宴《うたげ》と舞踏《ぶとう》会《かい》のご用意が、できましてございます」

小姓《こしょう》が告げて、ジェラルドはうなずく。

「わかった。しかしその前に」

青いジェラルドの瞳がキャナリーに向けられ、小姓の視線も一緒に移る。

「キャナリーに似合う舞踏会用のドレスを見繕《みつくろ》い、宴に相応《ふさわ》しい装《よそお》いにしてほしい。必要な費用は、こちらで用意する」

「かしこまりました」

小姓が頭を下げ、キャナリーはきょとんとしながら誘導《ゆうどう》されるままに、用意された自室へ戻った。


ラッパが吹《ふ》き鳴《な》らされ、キャナリーはジェラルドとアルヴィンと、王宮の大広間へ通された。

「グリフィン帝国、ジェラルド皇子殿下のおなりにございます！」

名前が告げられ、舞踏会の会場中の視線が、一斉《いっせい》にこちらに向けられた。

ひりひりするほどの視線を感じつつ、キャナリーはジェラルドの腕《うで》に手をかけ、エスコートされて入っていく。

（わあ。すごく豪華なホール）

天井《てんじょう》からは、重そうな巨大《きょだい》なシャンデリアがいくつも吊《つ》るされ、広間をオレンジ色に照らしている。細長いテーブルや、丸いテーブルがずらりと並び、陶器《とうき》の花瓶《かびん》には美しく花が生けられていた。

（異国風の服を着た人たちもいる。きっと、外国の偉《えら》い人たちね）

近隣の王国や、友好国から祝いの使節がやってきているらしいが、ジェラルドたちは数日遅れて到着《とうちゃく》したため、入《い》れ替《か》わりに帰国した使節もおり、数はそう多くない。

だから今夜の舞踏会は、数日前に終わった王太子の誕生祝賀会というより、強大なグリフィン帝国の皇子をもてなす、歓迎の意味が大きいようだ。

今キャナリーが着ているのは、先刻ジェラルドの命で用意されたばかりの、新しいドレスだ。

オフショルダーのレースの袖《そで》は短く、肘《ひじ》の上までの長い手袋《てぶくろ》をつけている。

ドレスの生地はちょうど、ジェラルドの瞳と同じ青で、泉の深いところに広がった波紋《はもん》のような、繊細《せんさい》な刺繍《ししゅう》が銀糸で施《ほどこ》された、大人っぽい雰囲気《ふんいき》のものだ。

カットされた水晶《すいしょう》がアクセントとして濃紺《のうこん》の空の星のように、ドレスのそこかしこに散りばめられている。

それに、踵《かかと》の高いレース飾《かざ》りのついたサテンの靴《くつ》。

髪《かみ》はアップにして結《ゆ》い上《あ》げ、髪飾《かみかざ》りやチョーカー、イヤリングも、銀と青いサファイアがメインになったものをつけている。

しかし当然だが、どんなに着飾《きかざ》ったところで、顔までは変えられない。

こちらを見て眉《まゆ》をひそめ、何かヒソヒソと話している者たちもいる。

「もしやあれは、不吉《ふきつ》と言われた元歌姫《うたひめ》では？」

「そうですわ。なんとそれが、皇子殿下の大事なご友人だったという話ですが」

「いやいや、先日までここの歌唱団にいて、追放されたばかりではないか」

「どこぞで拾われたのか、たぶらかしたのか」

ざわざわと噂《うわさ》が飛び交っているが、ジェラルドがまったく意に介《かい》していないので、キャナリーも気にしないことにする。

（いくら王太子殿下でも、この場で私を処罰《しょばつ》はできないんじゃないかしら。っていうか、そう思うことにしよう）

うん！　とキャナリーは気持ちを切り替えた。

（だってせっかくのお料理、絶対に食べたいんだもの！）

舞踏会の会場には、立食用の料理や焼き菓子、果物、飲み物などが、ぎっしりと乗ったテーブルがあちこちに配置してあり、いい香りを漂《ただよ》わせていたのだ。

「さあ、キャナリー。ダグラス王国のもてなしは、なかなか豪勢《ごうせい》なようだ。踊る前に、まずはお腹を満たしたいかい？」

ええ！　とキャナリーはきっぱりうなずいた。

「なくなっちゃわないかと思って、踊っていても上の空になっちゃうもの」

ジェラルドは明るい笑顔を見せた。

「きみらしい。料理はいくらでも補充《ほじゅう》されると思うけれど、心ここにあらずで踊られたら、パートナーとしては寂《さび》しいからね。ゆっくり心ゆくまで食べるといい。それにどうやら、まず野暮《やぼ》用を片づけなくてはいけないようだから」

小姓がやってきて、丁寧《ていねい》にジェラルドに頭を下げた。

「ジェラルド皇子殿下。恐れながら王太子殿下が、お話しをさせていただきたいと申しております」

「わかった、行こう」

短く答えると、ジェラルドは背後に控えていた、アルヴィンに命じる。

「悪い虫が寄らないよう、キャナリーを頼む」

はっ、とアルヴィンが応じ、ジェラルドはキャナリーの耳元に唇《くちびる》を寄せた。

「キャナリー。俺がいない間、食事を楽しんでいてくれ。それから……踊るのは俺が戻るまで、待っていてほしい」

えっ、とキャナリーはドキリとして、ジェラルドを見る。

その時にはもうジェラルドは、裾《すそ》を翻《ひるがえ》して王太子のほうへ歩き出していた。

（なんだか最近、ジェラルドといると胸の辺りがこう、つかえたように感じたり、ほっぺたが熱くなったりするわ。皇子の持つ魔力と、何か関係があるのかな）

ジェラルドの背中を見つめつつ、胸を押さえて考えたキャナリーだったが、ふわりと漂ってきた料理の香りにつられて、そちらへと顔を向けた。

（さあて、どれから食べよう！　まずはお肉？　それとも軽くお野菜から？）

「何か飲み物を、取ってきましょうか」

アルヴィンに言われ、キャナリーは料理を皿に取りながら応じた。

「アルヴィンが飲むのなら、ついでにお願いするわ」

すぐ戻ります、とアルヴィンがこの場を離《はな》れると、キャナリーは早速《さっそく》皿に盛った料理を、口へ運ぶ。

（こっ、これはモロロン鳥のパイ包み焼き！　さすが、使われているお肉が、子爵家《ししゃくけ》で出されたものよりずっとジューシーだわ。……さてさてこっちのお皿はと。ああっ、コロコロ豚《ぶた》のミルクシチュー！　ううう、口の中が嬉し泣きしてる！　前に一度だけ食べて、一生のうちにもう一回は口にしたいって、夢にまで見てたのよ。それにそれに、ああこの、バターたっぷりの生クリームパン最高！　もっちもちでふっかふか！）

宮廷《きゅうてい》楽士たちがワルツを演奏し、ホールの中央では踊る者たちがいたが、キャナリーはわき目もふらず、パクパクと料理を口に運んでいた。

合間に、アルヴィンが持ってきてくれたお茶を飲んだが、それも爽《さわ》やかな味で美味しかった。

(うーん、何を口に入れても美味しいなんて、こんな素敵《すてき》なことがあるかしら！　あっ、こっちのお野菜、初めて見るけどなんだろう。さくさくして歯ごたえもすごくいいわ。ああ、とろりとしたソースのこの香り、もう鼻が溶《と》けちゃいそう)

いくら食べても空になった皿の代わりに、次から次へと新しい料理が何種類も運ばれては、テーブルに乗せられていく。

ふかふかで熱々のパンケーキには、別の器《うつわ》に入っている、金色の濃厚《のうこう》なバターをたっぷり塗《ぬ》った。

それが熱ですっかりとろけるのを待って、楓《かえで》のシロップと、ベリーのジャムを乗せて切り分け、あーん、と口を開いて頬張る。

(バターの塩分と香りが、シロップの甘さと混ざって、何この天国……)

ううーん、と頬を押さえて感極《かんきわ》まっているところに、ぽんと扇《おうぎ》で肩《かた》を叩《たた》かれた。

「なんれすか」

もぐもぐと口を動かしながら振り返ると、わなわなと震《ふる》え、鬼《おに》のような形相のレイチェルが立っている。

「あ、あなた。やっぱりキャナリーさん本人ね。いったいこれは、どういうつもりなの」

キャナリーはごくん、とパンケーキを飲み込んで、レイチェルを見た。

「どういうもこういうも、美味しくお料理を食べているところだけれど。そちらこそ、そんなに眉をつり上げてどうしたの？」

「失礼ね、この大食い娘《むすめ》！」

トゲのある、周囲には聞こえないような低く鋭《するど》い声で、レイチェルは囁く。

「さっさとお答えなさい。帝国の方々に、どこでどうやって取り入ったの！」

「どこって、うちにいらしてたのよ」

「は？　何を言っているの？」

「そんなこと、どうだっていいじゃない。ほら、このパンケーキ美味しいわよ」

「どうだっていいのは、そのパンケーキよ！」

「ええっ！　この世で美味しいパンケーキより大事なことなんて、そうそうあるはずないじゃない！」

いくら言っても納得しないレイチェルを、ちらりとアルヴィンが睨《にら》む。

するとそれに気づいたレイチェルが、突然《とつぜん》態度を豹変《ひょうへん》させた。

綺麗《きれい》に化粧《けしょう》を施された顔から、怒《いか》りの表情が消え、仮面のような笑みが浮《う》かぶ。

「ええと、キャナリーさん。こちらは帝国の方よね？　お知り合いなの？」

「ええ、そうよ」

キャナリーが答えたその時レイチェルの後ろから、ひょこっとブレンダとエミリーが顔を出した。

「わたくしたち、仲良しのお友達ですわよね。そちらのグリフィン帝国の方を、紹介してくださいませんこと？」

「位の高い、神官さまでしょうか？　恋人《こいびと》はいらっしゃいますの？」

自分で言っておいてエミリーは、きゃっ、と黄色い声を上げた。

「こんなことを聞いて、はしたない女とお思いにならないでくださいませね。ただ、あまりに魅力《みりょく》的な方なので、問わずにいられなかったのです」

「いずれにしても、ジェラルド皇子とご一緒におられるのですから、帝国でもご身分の高い方なのですよね？」

くねくねと言い寄る三人に、アルヴィンは困ったようにキャナリーを見てから、溜《た》め息《いき》混じりに答える。

「確かに国元に戻れば、私は神職に就いておりますが。今現在はジェラルド殿下に命じられた、キャナリー様の護衛にすぎません」

「いったい、どうしてですの？」

呻《うめ》くような声で言ったのは、レイチェルだ。

「理由がまったく、わかりませんわ。大食い……じゃなくて、キャナリーさんはつまり、いろいろと歌唱団で揉《も》め事《ごと》を起こしていて」

ついに本音を隠《かく》さなくなり、レイチェルがアルヴィンを問《と》い詰《つ》める。

「キャナリーさんは守ったりしなくても、大丈夫ですわ。つまり、とても強いので。気《き》性《しょう》が荒《あら》くて、怒るとそれは怖いんですのよ。レディとは思えないくらいに」

「そのようなことを言われましても、私は殿下に命じられておりますので」

困惑《こんわく》するアルヴィンに、ますます三人は詰め寄った。

「わたくしたち、いつもキャナリーさんが怖くって、怯《おび》えておりましたの。今もちょっぴり、震えているんです」

「わたくしたちをお守りください、アルヴィン様」

「広いお背中。頼《たよ》りがいがあって、素敵」

「きゃあ、エミリー様ったら、露骨《ろこつ》ですわ」

(その性格のほうが、よっぽど怖いわ)

キャナリーは心の中でつぶやく。

迷惑《めいわく》をかけて申し訳ないと思うものの、キャナリーが反論したり止めに入ったりしたら、もっと三人は興奮して、歯止めがきかなくなるかもしれない。

ここはアルヴィンに穏便《おんびん》に済ませてもらおう、と考えて、キャナリーはそっと場を離れた。

そして人混みに紛《まぎ》れ、やっとお待ちかねの焼き菓子や、氷菓子《こおりがし》の乗ったテーブルにたどりつく。

（まずは、この香辛料《こうしんりょう》の効いた薄《うす》い焼き菓子！　どれどれ……ああ、口の中でほろっと溶けて、なくなっちゃう。優《やさ》しい味で、いくつでも食べられるわね。こっちは焼いたチーズかしら、風味と歯ごたえが素敵）

再び至福の時を迎えていたキャナリーだったが、またしても背後から、ふいに声をかけられた。

「失礼。歌姫でおられた、キャナリー嬢《じょう》ですよね？」

「はい？」

振り向くと声の主は、まったく知らない、背の高い青年貴族だった。

口調はやわらかく、敵意は持っていなさそうだ。

「ええ、そうです。何かご用ですか」

「よかった。追放されたと聞いて、腹が立っていたのです。私はコイル伯爵《はくしゃく》家の、スミスと申しますが、先日の披露会で、あなたのお歌に感激いたしました」

「まあ、そうなの？　私の歌に好意的な人がいただなんて、気がつかなかったわ」

「あの地震《じしん》は、偶然《ぐうぜん》でしょう」

憮然《ぶぜん》として、スミスは言う。

「もともと私は、歌の魔力などに興味はないのです。歌は耳に心地《ここち》よく、美しい声ならばそれで充分《じゅうぶん》、価値があるではないですか」

ダグラス王国の貴族にしては珍《めずら》しくまともなことを言ってるわ、とキャナリーは思った。

「ありがとうございます。でも、あまり私に近寄らないほうがいいと思います」

彼のためを思って、キャナリーは言う。

「私を悪く思っている方が多いのは、わかっていますから。あなたまで、色眼鏡で見られてしまうでしょう」

「何を言っているのです。私も含《ふく》め、今朝までなら、そうだったかもしれない」

「はい？」

「だが今は違う。あなたはなんと、ジェラルド殿下の大事な人だそうではないですか」

「え？　うーん、そうなんでしょうか」

大事な人と認めるのがなんだか恥ずかしく、キャナリーは言葉を濁《にご》す。

それに大事な人というのはつまり、剣の主《あるじ》のことだと思うので、語弊《ごへい》がある気がする。

「私ともお友達になってください。そしてぜひとも私を、ジェラルド殿下に紹介していただきたいのです」

はあ？　とキャナリーは首を傾《かし》げる。

「なんのために？」

「私は学者でもあり、薬を研究し、新薬の開発をしているのです。ですから、ジェラルド殿下を通して、グリフィン帝国にも、新薬を紹介したく」

結局は、私利私欲のためにキャナリーを利用したい、ということらしい。

と、また別の貴族が、こちらにやってきた。

「キャナリー嬢には、ご機嫌麗《きげんうるわ》しく。お会いできて光栄です。わたくし、ジョン・グレイ侯爵《こうしゃく》と申します。以後、お見知りおきを。いや、まさかあなたさまが、ジェラルド殿下とお友達とはつゆ知らず。ご無礼を働きまして、申し訳ございません」

それは披露会の時、キャナリーを非難した者の一人だった。

「なにとぞお許しを。ジェラルド殿下におとりなしをお願いできないでしょうか。これは、ほんのつまらぬものですが」

言いながらグレイ侯爵は、キャナリーの手にぐいぐいと小箱を押しつけてくる。

「グリフィン帝国においては、石ころのようなものだとは思いますが、大粒《おおつぶ》のトパーズです。お詫《わ》びの印として、どうぞお納めください」

えっ、とキャナリーは手を引っ込める。

「困ります。受け取れません」

「賄賂《わいろ》か、汚《きたな》いぞ、グレイ侯爵」

「何を言っている、この若造めが、生意気に」

二人が揉め始めて困惑しているキャナリーに、さらに別の声がかけられる。

「やっと見つけた、キャナリー嬢！　どうかこの僕、ポール・レイズ伯爵の、バラを受け取ってください！　この前は勇気がなくて、投げることができなかったのです」

「いりません、っていうか、どなた？」

名乗りはされたが、顔も知らない初対面の相手に、キャナリーは面食らってしまう。

「抜《ぬ》けがけをするな、ポール！　地震さえ起こらなければ、私がキャナリー嬢にバラを投げる予定だったのだ！　しかも白ではない、赤だ！」

「僕は実はバラを摑んでいた！　父上が止めるから、投げられなかっただけで」

「私などバラを持った手を上げかけていたぞ」

「いや僕は手首までは上げていた」

「私は肘まで」

(だからあんたたち誰なのよ！)

あの披露会の舞台《ぶたい》の上。誰もかれもがキャナリーに敵意に満ちた目を向け、物と暴言を投げつけていた時に、少しでもかばってくれた人だったら、恩を感じたかもしれない。

だが、一番辛《つら》かった時に何もせず見物しておいて、今さら実は好意を持っていたなどと言われても、信じられるわけがなかった。

呆《あき》れ果《は》てて周りを見回すと、アルヴィンはまだ令嬢たちに囲まれ、困った顔をしている。

「だから、追放されたあの女にだまされているのですわ、帝国の方々は」

「そうですわ！　キャナリーさんは不吉です。お傍《そば》に置いておくと、ろくなことがありませんわよ」

「代わりに、どうかわたくしを」

「抜けがけは許しませんわよ、エミリー様！」

（あらまあ。彼も彼で大変そう。いろいろな種類のデザートがあって、どれも食べたかったんだけど。この調子だと、さっさと部屋に戻ったほうがよさそうね）

「キャナリー嬢、僕と踊ってください」

「どけ、若造。キャナリー嬢、ぜひ私と」

いくつもの手が差し出されたが、どの手も取りたいとは思えない。

キャナリーは冷たい目をして、彼らに言った。

「いえ、私は不吉な女ですから、ご辞退します。披露会の際に、あなた方がそう言ったんでしょう？」

「ぼっ、僕は言っていません！」

「そうだ、あんなことを言ったのは、一部の下品な連中だけだ！」

「そうだったかしら」

彼らの手のひら返しを苦々しく思いながら、キャナリーは言った。

「私は靴まで投げられたわ。でもたった一言、やめろという声さえ、まったく聞いた覚えがないけれど」

ぐっ、と彼らが言葉に詰まったその時、ざわざわと会場がざわめいた。

そちらに顔を向けると、キャナリーの前にできていた人垣《ひとがき》が、さーっと海が割れるように両サイドに分かれていく。

「キャナリー嬢。どうか踊ってくれ」

「はい？」

人々の間から登場したのはジェラルド、ではなく、なぜかランドルフ王太子だった。

ランドルフ王太子は顔を赤くし、キャナリーのほうに手を差し出してくる。

「あの披露会以来であるな。元気そうで何よりだ。余は覚えているぞ。そなたの美しい黒《くろ》髪《かみ》を」

「はあ、そうですか」

また面倒《めんどう》くさいことになった、と思いながら、キャナリーは適当に相槌《あいづち》を打つ。

「王太子殿下も、ご機嫌麗しく、何よりですわ」

「うむ。さあでは、余と踊ってくれ」

会場の人々の視線が、王太子とキャナリーに集中するのがわかる。

気の進まないキャナリーの様子に、じれたように王太子は言う。

「どうした。披露会の時にも言ったであろう。余はそなたを一目見た時から、ずっと気に入っていたのだぞ」

王太子殿下と踊る資格なんて、わたくしにはございませんわ。

「こっちは気に入ってないし、追放しておいて何言ってんのよ」

言おうとしたことと、思ったことが反対になり、ポロッと口から本音が出てしまった。

まずい！　と口を押さえたがもう遅い。

「なっ、なんと言った、今」

王太子は血相を変えて、ずいとキャナリーに歩み寄る。

「なんだかわからんが、帝国に取り入って着飾って、何倍も可愛くなったから、後宮にでも入れてやろうという、余の優しさがわからんようだな！」

「申し訳ございません。殿下には、もっと相応しいご令嬢がいらっしゃると思いますわ」

「ええい、ごちゃごちゃとうるさい。大事な人などと言われていたが、おおかた追放されたことを隠して、取り入ったのだろう。誰か、この不敬な女をひっ捕《と》らえよ！　その後どうするかは、余が考える！」

即座に衛兵たちが走ってきて、キャナリーは危険を察知した。

すぐ逃げるべきだと、ドレスの裾をつまんだその瞬間《しゅんかん》。

パッと目の前が一瞬《いっしゅん》、赤く光った。

キャナリーに手をかけようとした衛兵が、怯《ひる》んだような顔をする。

「あの額に浮かんだのは！」

「ま、まさか……あの一点の光は」

額？　キャナリーは自分の顔がどうなっているのか見たかったが、その術《すべ》はない。

「貴様ら、何をしている」

ざわっ、と会場全体がどよめいた。直後に今度は、シンと静まり返る。

宮廷楽士たちも、演奏の手を止めた。

その中を、カツ、カツ、とこちらに歩み寄ってくる足音だけが響《ひび》き、キャナリーもレイチェルたちもそちらに目をやった。

「ダグラス王国では、みな、このように不作法なのか！」

地獄《じごく》の底から聞こえてくるような、冷徹《れいてつ》な声で言ったのは、ジェラルドだった。

氷の刃《やいば》のような恐ろしい目つきで、ジェラルドはじろりと、キャナリーの周りに集まっていた貴族たちを見る。

誰かが、ひっ、と息を呑《の》む音が聞こえた。

ジェラルドが、自分がついているから大丈夫だ、と言った理由を、キャナリーはようやく理解していた。

帝国皇子のジェラルドは、この場で誰よりも権威《けんい》があり、恐れられているのだ。

おそらくは、王太子どころか国王陛下夫妻よりも。

「あ、あの、しかし、この女は」

しどろもどろに、別の誰かが釈明《しゃくめい》しようと口を出した瞬間、ぴくっ、とジェラルドの頬が引き攣《つ》る。

「誰だ！　私の大事な人、我が剣の主を、この女などと呼んだ愚《おろ》か者《もの》は！」

空気を切り裂《さ》くような鋭い声にさらに何人かが、ひいっ！　と悲鳴を上げた。

真っ青になって、震えている人もいる。けれど、キャナリーは違った。

ジェラルドがキャナリーの危機を察知して、助けようとやってきたのだ、と察した瞬間。

砂糖細工の矢で、心臓を貫《つらぬ》かれたようにときめいたのだ。

（ど、どうしちゃったんだろう、私）

初めて感じる、強く甘い、胸の痛み。それは決して、不快なものではなかった。

「大食いのキャナリーさんが、皇子殿下の剣の主？　そんなバカなことが」

「嘘《うそ》でしょう？　わたくし信じませんわ、そんなこと！」

「でもご覧になって、あの額。眉間にルビーでもはめ込んだみたいに光って、皇子の剣の宝玉と、呼び合うように光ってますわ」

レイチェルたちの囁きが、キャナリーにも聞こえた。

見るとジェラルドの愛剣の柄《つか》に埋《う》め込まれている赤い宝玉が、確かに光っている。

囁きが交わされる中、ジェラルドは声を一層大きくした。

「不満のある者は外へ出よ。二度とそのような口がきけぬよう、私がこの剣で直々に思い知らせて……っ！」

「あの。ねえ、もういいわよ」

激怒《げきど》しているジェラルドの手を、そっとキャナリーは引っ張った。

「怒ってくれたのは嬉しいわ。でも、もうみなさん、反省してると思うの」

でしょ？　とそちらを見ると、貴族たちは一斉に、うんうん！　と、もげるくらい首を激しく上下に振った。

とはいえキャナリーは、彼らをかばったつもりはまったくない。

ただせっかく美味しい料理に囲まれた、美しい舞踏会場にいるのだから、ジェラルドと楽しく過ごしたいと思ったのだ。

「なっ、なるほど、剣の誓いを交わされたお相手でありましたか！」

とりなすように大声で言ったのは、ランドルフ王太子だった。

「そんなこととはつゆ知らず。なに、なかなか可愛らしい令嬢だったので、声をかけてしまった、というだけです。ええと、あの」

王太子は視線を泳がせて、楽士たちに向かって演奏を再開せよというように手を振った。

「今宵《こよい》は無礼講といいますか、どうかその、余の軽率《けいそつ》な行動をお許しいただきたい」

（ええっ。あのわがまま王太子が、頭を下げてる！）

キャナリーはびっくりして、その姿に見入ってしまった。

キャナリーは子爵家で、そんなに熱心に世界の各国について勉強しなかったけれど、グリフィン帝国とダグラス王国には、かなり国力に差があるのかもしれなかった。

「それでいいのか、キャナリー」

急にジェラルドに言われ、キャナリーはもちろん、とうなずく。

「そうか。では今回の件は、私も忘れよう」

ジェラルドが言うと同時に、柄の宝石の光が消えた。

王太子はすごすごと自分の席に戻り、再び音楽が流れ出す。

キャナリーにダンスを申し込んでいた青年貴族たちは縮こまり、レイチェルたちも、もう誰も近寄ってこようとはしなかった。

みんな驚きと、好奇心《こうきしん》と、疑問だらけの顔をして、遠巻きにキャナリーとジェラルドを興味深く注視している。

ジェラルドはキャナリーの前で、すいと腰を低くし、優雅《ゆうが》に手を差《さ》し伸《の》べてきた。

「私と踊っていただけますか、キャナリー」

かしこまった口調のジェラルドに、キャナリーは微笑んだ。

「ええ、もちろん。喜んで」

ジェラルドの手を取り、固唾《かたず》を呑んで見つめている貴族たちの中を進むと、ホールの中央で足を止める。

そこでちょうど円舞曲《ワルツ》が始まり、キャナリーはジェラルドと踊り始めた。

子爵家では、もちろんダンスのレッスンも受けていたけれど、大勢の前で踊ることにキャナリーはまだ慣れていない。

ジェラルドは、そんなキャナリーを巧《たく》みにリードしてくれた。

「誘《さそ》ってしまったけれど、足は痛くないかい、キャナリー」

耳元で甘く低い声で言う。キャナリーはまた、頬が火照《ほて》るのを感じた。

「ええ、今のところは大丈夫」

「痛くなったら遠慮せず言ってくれ。それにしてもなんて軽《かろ》やかに踊るんだ、きみは」

「あなたが上手にリードしてくれるからよ」

キャナリーとジェラルドは、顔を近づけて囁き合った。

誰よりも強く優雅な、帝国皇子。だけれど、キャナリーが鼻をつまんで薬を飲ませた人。

(多分ジェラルドに魔力があるせいだわ。手も背中も腰も、ジェラルドに触《ふ》れられると、不思議なくらいに熱を持つもの。傍にいると、ドキドキしてくるのもそのせいよ、きっと)

そんなことを考えながら目を見ると、ジェラルドもキャナリーの瞳を、覗《のぞ》き込むようにして見つめてくる。

「ドレスがとても似合っているよ、キャナリー」

「ありがとう。私も気に入っているの。だってジェラルドの瞳と、同じ色だもの」

そう言うとジェラルドは目を見開き、嬉しそうにはにかんだ。

それにしても、ダンスでこんなに楽しいと思ったのは初めてだ。

ジェラルドとは息がぴったり合っていてとても踊りやすい。

やがて三曲目に入るが、ジェラルドはしっかりとキャナリーの手を握《にぎ》ったままだ。

軽快にステップを踏《ふ》みながら、キャナリーは周囲の令嬢たちの、妬《ねた》みの視線をビシビシと痛いくらいに感じていた。

「ねえ、ジェラルド。少しは他の令嬢とも、踊っていいのよ。帝国の皇子様と踊れる機会なんて、きっと滅多《めった》にない栄誉《えいよ》でしょうから」

ジェラルドは肩をすくめた。

「きみは他の誰かと踊りたいのか？」

とんでもない！　とキャナリーは首を振る。むしろいつまでも踊っていたいくらいだ。

「あなた以外に、一緒に踊りたい人なんていないわ」

「よかった。俺も同じだ」

ジェラルドはキャナリーをくるくる回してから、優しく抱《だ》きとめる。

なぜか心臓が、砂糖漬《づ》けのレモンで包まれたように、きゅうっとなった。

「いつまでもずっと、この時間が続いてほしいくらいだよ」

耳元で囁かれる声も、蜂蜜のように甘く感じる。

「わ、私も……」

ジェラルドの腕の中で、キャナリーは茹《ゆ》で上がりそうに、顔を熱く感じながら言った。

「ダンスがこんなに楽しい、って初めて知ったわ」

「それなら、もう一曲、ぜひ、お相手をお願いします」

笑いを含んだ声でジェラルドが言い、キャナリーは頭から湯気が上がったらどうしよう、と思いつつもその手を取ったのだった。

第四章　聖獣のゆくえ

舞踏会《ぶとうかい》が終わり、ジェラルドの部屋でくつろいでいると、アルヴィンが入ってきた。

「アルヴィン。途中《とちゅう》でいなくなったから、どこに行ったのかと思っていたぞ」

ジェラルドが、ここへ、というように正面のソファを指し示す。

「失礼いたします。これからご報告をしますので、まずは結界を張らせてください」

アルヴィンはまた昼間と同じように、複雑に指を動かしてからソファに座った。

「舞踏会の最中は宮廷《きゅうてい》をうろつきやすいので、聖獣《せいじゅう》を捜しておりました」

「そうだったの。大丈夫《だいじょうぶ》だった？」

「ええ。怪《あや》しまれない程度に、迷ったふりをして宮殿《きゅうでん》のあちこちに赴《おもむ》き、気配や手がかりだけでもないかと、探索《たんさく》してきたのですが」

そう言うとアルヴィンは、懐《ふところ》から透明《とうめい》な石を取り出した。

「まあ綺麗《きれい》な石！　ぼうっと光ってるみたい」

「はい。これは特殊《とくしゅ》な魔法《まほう》術を施《ほどこ》した、水晶《すいしょう》のペンデュラムです」

アルヴィンは水晶に繋《つな》がっている鎖《くさり》部分を持って、垂直にぶら下げる。

「捜《さが》しているものの方向を示すのですが、集中して念じると、聖獣のいる方向に水晶が動きます。近ければ近いほど、強く光を放つのです」

ところが垂れ下がった水晶は、ゆっくりと円を描《えが》き特定の方向は示さない。

それに光は薄明《うすあか》るい程度で、強くはなかった。

「これだと、方向がわからないわよね？」

「はい。しかし我々がグリフィン帝国《ていこく》にいた時にも、こちらに向かって旅をしている時にも、確かにダグラス王国の方向に水晶が動き、指が引っ張られているような感覚があったのです」

「では、途中で聖獣が、他の場所に移動したということか？」

ジェラルドの言葉に、アルヴィンはうなずく。

「はい。水晶が動いて感知していますから、そこまで遠くはないと思うのですが。あちこち、転々と居場所を変えているのかもしれません」

「……実は、ひとつ気になることがあった」

ジェラルドは立ち上がり、ゆっくりと窓辺に歩み寄りながら言う。

「舞踏会で王太子に呼ばれ、話をしていた時だ。王太子の傍《そば》に、神官らしき者が歩み寄ってきた。何か急な用事ができたとしても、普通《ふつう》は小姓《こしょう》に伝令を頼《たの》むものだ。それが、泡《あわ》を食った様子で、真っ青になった神官が駆《か》けつけてきたので、何事かと俺は耳を澄《す》ませていた。すると、神官はこう言った」

ジェラルドは深刻な口調と、顔つきで言う。

「やはり逃《に》げられたようです、王太子殿下《でんか》、と」

「逃げられた？　何に？」

きょとんとしているキャナリーだったが、アルヴィンは眉《まゆ》を寄せた。

「もしもそれが、聖獣のことだとしたら。ダグラス王国が、どこかへ閉じ込めていた、ということもあり得るのではないでしょうか」

「そうだな。あり得なくはない、どころか可能性は高い」

ジェラルドはこちらを振《ふ》り向《む》いた。

「何しろ、他国では考えられないくらいに、薬に特化して生産と研究に励《はげ》んできた国だ。これは推測の域を出ないが……。薬を使って、聖獣を捕《と》らえていた、ということも考えられる」

キャナリーは思わず、両手で口を押さえた。

「薬って、眠《ねむ》り薬《ぐすり》とか？」

「そうだな。睡眠薬《すいみんやく》か、麻酔薬《ますい》。最悪の場合、毒薬ということも考えられる」

森で動物たちと共に育ち、仲良く暮らしていたキャナリーにとって、それはあまりに非道な仕打ちに感じられた。

「そんなひどいことをしていたなら、絶対に許せないわ！」

怒《おこ》ったキャナリーを、まあまあとアルヴィンが、宥《なだ》めるように言う。

「まだそれが事実かどうかは、わかりませんよ。あくまでも、ジェラルド様の推測です。私も、同様の仮説を立てておりますけれどね。そして、もし本当だとした場合。なぜ王族も承知のうえで、聖獣を捕らえていたのか、ということですが」

「理由は簡単だ」

ジェラルドが話を引《ひ》き継《つ》ぐ。

「聖獣がいれば、その気配を感じて、ゴーレムが襲《おそ》ってこない」

あっ、とキャナリーは気がついて声を上げる。

「だからこのダグラス王国の王族は、ろくに魔法の訓練もしないで、のんきでいられたってことよね」

「おそらくそうだろう。きみから話を聞いて、ずっと不思議に思っていたんだ。なぜゴーレムが近寄らないのか。なぜそれが当然かのようにここの王族たちが攻撃《こうげき》に備えないのか」

「聖獣を閉じ込め、その恩恵《おんけい》にあずかっていたというのなら、筋は通りますね」

アルヴィンがアゴに手を当て、うなずきながら言う。

「グリフィン帝国で聖獣の姿を見なくなってから、十五年って言ってたものね。王太子が、十八歳。三歳でゴーレムの脅威《きょうい》がなくなったのなら、魔力《まりょく》で戦う必要もないんだから、サボっていたのも道理だわ」

キャナリーは二人の話に納得《なっとく》して、うんうんとうなずいた。

「だけど、アルヴィンの言ったように、まだ証拠《しょうこ》はないのよね。事実かどうか、それを確かめなくっちゃ」

ジェラルドは、窓際《まどぎわ》から椅子《いす》に戻《もど》って腰《こし》かける。

「そうだな。そのためにはもうしばらくこの国に滞在《たいざい》しなくては、と考えている」

「証拠と一緒《いっしょ》に聖獣だって、捜さなくちゃならないんでしょう？」

尋《たず》ねると、ジェラルドはテーブルに置かれた、ペンデュラムを見た。

「そうだな。しかしそれは、ペンデュラムの動きが止まってからだ。移動を続けている間は、聖獣がいる方角すらわからない。見つけるのは困難だろう」

うううん、とキャナリーは頭を巡《めぐ》らせた。

「それを考えると一日二日じゃ駄目《だめ》よね。事態が判明するまでの時間を稼がないと。何か滞在期間延長の理由を考えましょう」

「では、従者たちが腹痛を起こしたというのはどうでしょうか。まあ、私でもいいですが」

「それは駄目よ」

アルヴィンの提案を、キャナリーは即座《そくざ》に却下《きゃっか》する。

「だってこの国は、薬にだけは絶対の自信を持っているんだもの。きっと王室御用達《ごようたし》の胃薬が、どっさり届けられるわ」

「それでは飲むふりをして、効かないということに」

「それも駄目よ。効かなかった、ってことになったら、王室のメンツを潰《つぶ》したと言われて、薬師たちが罰《ばっ》せられてしまうもの」

「確かに、あり得そうですね」

三人は、さらに首をひねる。

「アルヴィンが誰《だれ》か令嬢《れいじょう》に恋《こい》をして、この国から離《はな》れがたくなった、というのはどう？」

キャナリーの提案を、アルヴィンは慌《あわ》てて拒否《きょひ》した。

「冗談《じょうだん》ではありませんよ、私はそんなに器用ではありません。嘘《うそ》がバレたら恨《うら》まれます」

「まあおそらく、嘘と知られたら呪《のろ》われるでしょうね。それは気の毒だわ」

「呪う……そこまで恐《おそ》ろしいのか、この国の令嬢は」

キャナリーは脳裏《のうり》にレイチェルたちを思い浮《おも》かべながら、確信に満ちた目で言う。

「ええ、そう思うわ。私の知ってる限りではね」

アルヴィンは青い顔になる。

「や、やはり、色恋沙汰《いろこいざた》はやめましょう。後々やっかいなことになりそうですし」

さらにもうしばらく頭を悩《なや》ませてから、キャナリーは名案を思いついた。

それはジェラルドが絵画をたしなみ、この王宮の窓からの風景をとても気に入ったので、ぜひとも絵に描きたい、という滞在延長の理由だった。


「あら、ジェラルド。絵心がないなんて言ってたけど、なかなか上手じゃないの」

翌日、早速《さっそく》ジェラルドにあてがわれている部屋のひとつに、キャンバスとイーゼルなど、絵を描く道具一式が運び込まれた。

「ほ、本当か。それならよかった。まだ木炭の、下書きなんだが」

照れているジェラルドを励まそうと、キャナリーは言う。

「本当よ。お皿の上の、調味料のかかったおイモでしょ？　すごく美味《おい》しそう」

「……キャナリー。これは、池とバラの茂《しげ》みなんだが」

えっ、とキャナリーは慌てる。

「あの、ごっ、ごめんなさい、つまりその、点々が調味料に見えて」

「うん。点々が、バラのつもりだった」

「だっ、大丈夫！　そう言われると、そう見えてきたわ！」

「私にもそう見えますよ、ジェラルド様！」

背後からアルヴィンが加勢して、両手を握《にぎ》って必死に言う。

「皿とイモにも見えますが、違《ちが》うと言われれば違うように見えるものです！」

「そうよ、皿でもイモでもないわ！　バラと池よ！」

「そうですとも、バラとイモです！」

「えっ？　違うわよ、皿と池だってば」

「えっ？　バラではなかったですか？」

「えっ？」

「もういい、二人とも」

キャナリーとアルヴィンの励ましに、ジェラルドは逆に自信をなくしたらしかった。

珍《めずら》しくジェラルドらしくない、力のない声で言う。

「だから言っただろう、俺には絵心はないと。別にキャナリーたちの感想がどうであっても、俺は気にしないが。それより、この窓からの景色を見ていて気になることがあった」

「なあに？」

キャナリーはジェラルドに促《うなが》されるようにして、一緒に窓辺に近づいた。

「あの辺りに、白い大きな柱があるだろう。あれは、神殿《しんでん》か？」

「ああ、あれね。そうよ、披露会《ひろうかい》の舞台《ぶたい》があるの」

あまり楽しくない記憶《きおく》が蘇《よみがえ》ったキャナリーだが、じっとそちらを見ているジェラルドにつられて視線を向けているうちに、あることに気がついた。

「神殿の後ろって、山になっていたのね。それに、中腹に何か……台座みたいなものがあるけど、崩《くず》れているわ。あれも祈祷《きとう》や礼拝と関係があるのかしら」

「どうだろうな。もしかしたら、洞窟《どうくつ》でもあるのかもしれない。それに、聖獣に貢《みつ》ぎ物《もの》を捧《ささ》げる祭壇《さいだん》に、似ていなくもない」

「えっ。じゃあ、もしかして、あそこに聖獣が閉じ込められていたなんてことは」

推測するキャナリーに、背後からアルヴィンが言う。

「可能性は、あるかもしれません。裏山に続く道の手前には警備兵が多く、確かめられませんでしたが。がけ崩れでも起こしたのか、修復中のようでした」

「がけ崩れを起こしたなんて話は、聞いたことがないわ。秘密にしていたのかしら」

キャナリーの言葉に、アルヴィンは確信を深めたようだった。

「であれば、ますます疑わしいですね。道が通れず、人が容易に近づけなかったため、聖獣が逃げたことを確認《かくにん》するのに時間がかかったのかもしれません。それで王太子への報告が、我々が到着《とうちゃく》した後の宴《うたげ》の最中になったということも考えられます」

「怪しいのは確かかね。……王国に気づかれないようにしながら、探《さぐ》ってみましょう」

「ああ、もちろんだ」

ジェラルドは力強くうなずいたが、わずかに眉を寄せた。

「その前に直近の問題は、この絵で延長を願い出たということを、王国の貴族たちが信じるかどうかだな……」

アルヴィンが、慌ててフォローした。

「わ、私は問題ないと思いますが。あくまで万が一のために、従者の中から絵の上手《うま》い者を探して、描かせるという手もございますよ」

「そのほうが、いいかもしれんなあ」

ジェラルドはそう言ったが、結局、その目論見《もくろみ》は間に合わなかった。

というのも、画材一式を部屋に揃《そろ》えたために、帝国皇子が絵画制作のためにしばらく滞在するという話が、瞬《また》く間《ま》に宮廷内に広まってしまったからだった。

その日のうちにジェラルドの部屋には見学を希望する貴族たちが訪《おとず》れた。

ジェラルドが絵を描くために使っていたのは、借り受けた部屋の中では、比較的狭《ひかくてきせま》い一室だ。

そこにどやどやと、ぜひジェラルド殿下の描くものを拝見したい、とランドルフ王太子を筆頭に、宮廷画家までが押し寄せてくる。

「おお。これがジェラルド殿下の作品でございますか」

満面の笑《え》みを浮かべて、まずはランドルフ王太子が言う。

「なかなかに素晴《すば》らしいものだ。そうではないか、キャナリー嬢《じょう》」

同意を求めるようにランドルフ王太子はぎこちない笑みを浮かべて、こちらを見てくる。

（昨日の今日だからか妙《みょう》に愛想《あいそ》がいいわね。何か企《たくら》んでいるんじゃないといいけれど）

ええ、とキャナリーは適当に相槌《あいづち》を打った。

次に背後に控《ひか》えていた、その職業独特の、華《はな》やかなマントをつけた宮廷画家たちが、一斉《いっせい》に口を開いた。

「さすが帝国の芸術。我らの感覚と違い、すべてがつき抜《ぬ》けておりますな！」

「ああ、私には理解できますぞ。この至高の作品の芸術性が」

「下書きでもわかりますぞ。抽象《ちゅうしょう》的であり、必然的であり、それでいて概念《がいねん》的な芸術性」

「これはなかなか素人《しろうと》などにはわかりにくいものだろうな。だが、余にはわかるぞ、うん」

またもランドルフ王太子は、キャナリーを見た。

無視をするわけにもいかないので、無言でうなずきつつ、キャナリーは困惑《こんわく》する。

（なんなの。さっきからチラチラ見て、変な人）

他の画家たちは、キャナリーなど目に入らないかのように、ジェラルドの絵をひたすら熱心に賞賛し続けていた。

「私はここまで芸術を昇華《しょうか》させた殿下の類《たぐい》まれな感性に、感動のあまりこみ上げるものが……」

宮廷画家の中には大げさに、目を潤《うる》ませている者もいる。

だが、一人だけ汗《あせ》をかき、なんとも言えない表情で、もごもごと言う青年がいた。

「ええと、風景をお描きになっておられるとのお話でしたが、静物画にされたのですか？食べ物のようにお見受けしますが」

後ろで見ていたキャナリーは、思わずアルヴィンと顔を見合わせる。

(やっぱり皿とイモだと思われてる！)

ジェラルドは小さく、咳払《せきばら》いをした。

「言っておくが。それは皿とイモではなく、池とバラの茂みだ」

低い声に、宮廷画家たちの顔色が、サーッと青くなる。

「あっ、当たり前ではないか！」

ひっくり返った声で言ったのは、ランドルフ王太子だ。

「これはどこからどう見ても、池とバラだ！　やはり宮廷画家などと言っても、しょせんは平民。高貴な血を引く者の芸術は、わかりかねるのも仕方がないが」

「うむ。実に素晴らしい池だ。現実の世界を離れ、自由に羽ばたいておられる。バラも見事だ、まるで人には見ることのできぬ、幻《まぼろし》の庭の神々の花」

彼らの言いぐさに、キャナリーは呆《あき》れてしまう。

結局、誰もがジェラルドのご機嫌《きげん》をとろうとして、必死なのだろう。

ジェラルドもよくわかっているようで、どうでもいいという顔をしている。

「納得したのであれば、引き取ってもらえぬか。ゆっくりと集中して、創作したいのだ。……が、ちょっと待て。そこの、赤毛の青年。名は、なんと言う」

ジェラルドに指差されたのは、食べ物に見える、と言った若い宮廷画家だった。

彼は自分が呼び止められたのを、投獄《とうごく》でもされると思ったのか、顔から血の気を失っている。

「は、はい。クライブと申します。さ、先ほどは、まことに、私の未熟さのせいで、見当《けんとう》違《ちが》いなことを言ってしまい、中し訳ございませんでした！」

「けしからん！　ダグラス王国の面汚《つらよご》しだ！」

「貴様には感性が欠如《けつじょ》しておる、恥《はじ》を知れ！」

宮廷画家たちは、激しくクライブを叱責《しっせき》する。

「そうだ謝れ！　お前のように芸術のなんたるかもわからぬやつなど、これまで築いた財はすべて没収《ぼっしゅう》、宮廷画家も即刻《そっこく》、解雇《かいこ》だ！　表現者たる歌姫《うたひめ》として、そなたもそう思うであろう、キャナリー嬢」

王太子に言葉を投げかけられ、えっ、とキャナリーは固まった。

別にそんなことは、まったく思っていない。

「いえあの、率直《そっちょく》な意見のひとつだと思います。どんな感想を持つのも、受け取る側の自由ですもの」

「まさしく、そのとおりだ」

言ってジェラルドが、クライブの肩《かた》に手をかける。

「クライブ。きみに、仕事をしてほしい。とても小さなものに絵を描いてほしいんだ。引き受けてもらえるかな？」

「っは？　はいっ！」

クライブは棒切れのように、直立不動で返事をする。

宮廷画家たちは、ぽかんとした顔をして彼を見た。

ランドルフ王太子も拍子抜《ひょうしぬ》けした顔になり、振り上げた拳をどうしていいのかわからない、といった様子で、ぼそぼそと言う。

「ま、まあ、ある意味、人とは違う彼のような見方も、時には必要であるかもしれぬな。で、では我々はこれで失礼する」

王太子はなぜかまた、視線を送ってきたが、キャナリーは気がつかないふりをした。

すごすごと王太子たちが退散すると、部屋は急に静かになる。

ジェラルドは一人残って、びくびくしているクライブに、懐から鎖のついた金時計を取り出した。

「この、蓋《ふた》の内側に絵を描いてもらいたいのだ。頼めるか？　モデルや報酬《ほうしゅう》など詳《くわ》しいことは、後で小姓から伝える」

「はいっ、命に代えましても！」

固く約束してから、クライブは退室していった。

キャナリーは今のやりとりを見て、アルヴィンに尋ねる。

「時計の裏蓋《うらぶた》に絵なんて、なんだか素敵《すてき》ね。お国ではよくあることなの？」

「そうですねえ。貴族に限らず裕福《ゆうふく》な商人たちの間では、別に珍しいことではありません。しかしジェラルド殿下が絵を所持しようとするのは、珍しいことですが」

「あら、そうなの」

ジェラルドはこちらを見て、小さく笑う。

「ああ。皇太子である一番上の兄上は、芸術のために生まれたような人なんだがな。美術品も、たくさん所蔵しておられる」

「そういえば、ジェラルドは二番目の皇子様って言ってたから、二人のお兄様がいるわけよね。じゃあ、二番目のもう一人のお兄様はどんな方なの？」

「そちらの方は、正反対です」

今度はアルヴィンが説明する。

「兵を率いて戦うことが何より生きがいという、猛々《たけだけ》しい武闘《ぶとう》派の方なのです」

なるほど、とジェラルドの兄弟を想像してみるが、まるでイメージが湧《わ》いてこなかった。

そんなキャナリーに、ジェラルドは明るい声で言う。

「三男という気楽な立場であるからこそ、こうして、聖獣捜しの旅にも出られたというものだ。そしてキャナリーにも出会えた」

ともあれこんなふうにして、しばらくキャナリーたちはダグラス王国の王宮に、滞在することになった。

✦

「わあ、素敵。小高い丘《おか》があったのね。私こんなところ、知らなかったわ」

翌日の午後、風光明媚《めいび》な土地を写生したい、という名目でキャナリーたちが出かけたのは、修復中の崖《がけ》の近くだった。

もちろん本当の目的は、聖獣の探索だ。この場所からは、神殿の裏手の山がよく見える。

「やっぱり、あまり近くには行けないみたいね」

「ああ。単なるがけ崩れにしては、警備が厳重すぎるのがやはり気になるな」

「何か聖獣が閉じ込められていた痕跡《こんせき》が残っているから、見られるとまずいと思って厳重に警備しているのかしら」

「その可能性はある。ただ、近辺に散った痕跡もあったかもしれないが、それはもう片づけられてしまっているらしい」

「ええ。それと……ここからでも祭壇があるかどうかは見えないわね」

残念そうに、キャナリーは肩をすくめる。

丘からは他にも田園地帯が見渡《わた》せ、さらさらと流れる小川もある。

花もたくさん咲《さ》いていて、風はその香りを乗せていい匂《にお》いがした。

「それにしてもいいお天気ねえ。風も気持ちがいいわ」

草の上に敷《し》かれた敷物《しきもの》の上に、キャナリーは靴《くつ》を脱《ぬ》いで上がった。

ここまでは、二頭立ての馬車二台でやってきて、従者も小姓も離れた場所で待たせているため、気を遣《つか》う必要はまったくなかった。

一応、護衛も数人待機しているのだが、ここからだと遠くて声までは聞こえない。

アルヴィンは、聖獣の探索に集中するために、馬車の中でペンデュラムとにらめっこをしていた。

だからここには、ジェラルドとキャナリーしかいない。

「キャナリー。何をする気だ？」

敷物の上に座り、そのまま横になろうとしたキャナリーに、慌てたようにジェラルドが言う。

「何って、寝転《ねころ》んで空を見るのよ」

「そ、そうか。……では、少し待ってくれ」

ジェラルドは驚《おどろ》いた様子だったが、一度キャナリーを立たせると、敷物をめくった。

そして草の上に膝《ひざ》をつき、せっせと小石や小枝を取り除く。

「ジェラルド？ そんなことをしなくても平気よ。厚手の敷物だもの」

「いや、きみの背中が傷《いた》むかもしれない。それに、肌《はだ》を刺《さ》すような虫がいるかもしれないじゃないか」

全然気にしないのに、という気持ちと、帝国皇子にこんなことをさせていいのだろうかという複雑な思いで、キャナリーはジェラルドを見守っていた。

やがて気が済んだのか、ジェラルドは顔を上げて明るい笑顔《えがお》を見せる。

「よし、もうこれで大丈夫だ。こちらへどうぞ、キャナリー」

「ありがとう」

キャナリーは遠慮《えんりょ》なく、ころりと敷物の上に寝転んだ。

ジェラルドは少し不思議そうに、キャナリーを見る。

「しかし外で横になりたいなんて、キャナリーは不思議なことをするな」

「どこが不思議なの？」

「だって、レディがこんなことをするのを見るのは、初めてだからね」

「レディはやらなくても、私はやるわ。どうしてだか、知りたい？」

青い瞳《ひとみ》を見つめて尋ねると、ジェラルドはうなずいた。

「それなら、隣《となり》に横になってみて。そうしたら、きっとわかるから」

腑《ふ》に落ちない顔をしていたが、ジェラルドは素直《すなお》にキャナリーの隣に身を横たえた。

「ねえ、どう？」

キャナリーは真っ青に晴《は》れ渡《わた》った空に、真綿を薄《うす》く伸《の》ばしたような雲が流れているのを眺《なが》めながら言った。

ちちっ、と鳴いて二羽《わ》の黄色い小鳥が、視界を横切っていく。

しばらくジェラルドは、黙《だま》ってキャナリーと同じように澄んだ空を見つめていた。

そして、ぽつりとつぶやく。

「なるほど。これは気持ちがいいものだな」

「でしょう？　私はよく、森の中でこうして空を眺めていたわ。敷物なんてないから、苔《こけ》の上でだけれど。それにたくさんの木の枝があったから、こんなに広い空は見られなかったわ。でも、それはそれで木漏《こも》れ日《び》が綺麗なのよ。それにね」

懐《なつ》かしい記憶が、鮮《あざ》やかに脳裏に浮かんでくる。

「キツネやリスやウサギがたくさん寄ってきて、顔の横やお腹《なか》の上で眠るから、もっふもふの温かい毛布をかけているみたいだったわ」

「キャナリーは、いつも楽しそうだな」

ジェラルドが、空を見ながら言う。

「幼いころは、貧しさから大変な思いもしただろうに。それさえ、楽しそうに語る」

「貧しいってことさえ、よくわかってなかったもの」

キャナリーは昔を思い出し、くすっと笑った。

「ともかく、ラミアを中心に私は生きていたの。時には食べ物の奪《うば》い合《あ》いになったし、ひとつの木の実のために、取っ組み合いの喧嘩《けんか》もしたわ」

「一方的にやられっぱなしではなかった、ということか」

「だって私は大きくなっていくし、ラミアは弱っていったから。でもね」

キャナリーは幼いころの、大切な記憶を口にする。

「七つくらいの時だったかしら。私が熱を出して、何日も寝込《ねこ》んだことがあったの。あの日のラミアは……確かに私に優《やさ》しくしてくれたわ」

しわくちゃのごつごつした手で、何度も頬《ほお》を撫《な》でてくれた。

夜中も寝ないで、額を濡《ぬ》れた布で冷やし続けてくれた。

『負けるんじゃないよ、お転婆《てんば》の、ちびすけの、鼻たれ娘《むすめ》が。これまでわしが育ててやった時間を、無駄《むだ》にする気かい。とっとと治って、間抜《まぬ》けなことをしでかして、わしを笑わせとくれ』

口は悪かったが、明け方まで何時間も必死で重い棒で鍋《なべ》をかきまぜ、かまどの熱で顔を真っ赤にして、キャナリーのために薬を作ってくれていた。

治った翌朝に、初めて食べさせてもらったプディングの味を、キャナリーはおそらく死ぬまで忘れないだろう。

つ、とキャナリーの頬を涙《なみだ》が伝う。

慌ててキャナリーは、雑に涙をぬぐった。

「や、やだ、子どもの時以来泣いたことなんてなかったのに……」

すると突然《とつぜん》、身体《からだ》が温かいもの包まれる。

キャナリーは、ジェラルドの懐にすっぽりと収まるように抱《だ》き締《し》められていた。

「キャナリー、ラミアさんはきみのことを本当の子どものように愛していたんだね。そんな人がいなくなったんだから、寂《さび》しいに決まってる」

ジェラルドは優しい口調でそう言い、キャナリーの頭を撫でた。

「でも、忘れないで。きみはもう一人じゃない。きみは俺の大事な人だから」

ぎゅっと抱き締められるまま、キャナリーはジェラルドの胸に顔をうずめ、しばらく静かに泣いていた。

「……ありがとう、ジェラルド」

ひとしきり泣いて涙が収まると、急に恥《は》ずかしくなってきて、まだ頬を濡らしたまま、キャナリーは一生懸命《いっしょうけんめい》に笑顔を作る。

「あなたが優しくしてくれるから、気が緩《ゆる》んでしまったみたい。これまでも一人で頑張《がんば》ってきたんだもの。これからだって、大丈夫！」

「あ、いや、キャナリーがどうしてもそうしたい、と言うのならそれはそれで、駄目だとは言わないが。ただ、俺としては、つまり」

ジェラルドは、なぜか言いにくそうに、しどろもどろになっている。

「俺が言いたいのは——いつまでもきみの傍《そば》にいたい、ということなんだ」

「いつまでも、って……」

少し考えてから、キャナリーはパンと両手を打ち鳴らす。

「もしかしてそれは、私を侍女《じじょ》に召《め》し抱《かか》えてくれるってこと？」

「えっ？」

「なるほど、それもいいかもしれないわね。帝国のお料理って、どんな感じ？　侍女でも美味しいものが食べられる？　グリフィン帝国の名物があったら教えてほしいわ。ダグラス王国よりずっと豊かそうだから、名産品も多そう！」

数々の美味しそうな料理が乗った皿を想像して、キャナリーは表情を明るくした。

するとジェラルドは、なぜか笑い出してしまった。

「きみはまったく、俺の一世一代の告白を、いつも笑い話にしてしまうな」

「えっ、ごめんなさい！　変なことを聞いちゃった？　もしかしてダグラス王国よりもグリフィン帝国は、お料理に関してはいまひとつだとか……」

「そんなことはない」

くっくっと、まだ笑いながらジェラルドは答える。

「そうだな。名物は、湖でとれる雷魚《らいぎょ》の香草《こうそう》焼《や》き。それに素晴らしく香りのいいキノコを、鶏肉に詰《つ》めて蒸《む》した料理がある」

「わあ。聞いたことのないお料理だけど、美味しそう。デザートは？　お菓子《かし》はどんなものがあるの？」

「そうだな。ご婦人方はショコラトールに夢中のようだった」

「ショコラトール？　なあに、それも初めて聞いたわ」

「なんと言えばいいかな。とろりとして、苦みと甘みが混ざったものだ。色はあまりよくないが、香りがとてもいい。温かい液体にして、少しずつ味わう方法もあるし、固めればワインにも合う」

「何それ、絶対に食べてみたいわ！」

キャナリーはまだ見ぬショコラトールを想像し、両手を組み合わせた。

さわさわさわ、と二人の上を、気持ちのいい風が吹《ふ》いていく。

わけもなくウキウキした気持ちになっているキャナリーに、ジェラルドは言った。

「さてどうかな、キャナリー。目当てがショコラトールでもいい。剣《けん》の誓《ちか》いを交《か》わした俺と共に、グリフィン帝国で暮らしてくれるか？」

ええ、とキャナリーはうなずいた。

「きみは剣の誓いを受け入れたことを、後悔《こうかい》してはいないか？」

「後悔なんて、してないわよ」

キャナリーは急いで首を横に振る。

「ただ正直、一生とまでは考えていなかったの。子爵家《ししゃくけ》より森の暮らしが性《しょう》に合っていたのは確かだけれど、執着《しゅうちゃく》はないし、帝国に行ってみるのも楽しみよ。でもそれなら、ラミアの家をちゃんと整理しなくちゃ。旅なら、戻る機会もあると思っていたけれど」

「本格的に移り住むと考えてほしい。従者に言って、手伝わせよう」

「お願いしたいわ。薬草園の貴重な植物の株は持っていきたいし、煎《せん》じた薬の大袋《おおぶくろ》もいくつもあるの。それに、使い慣れた道具があれば、帝国でも薬が調合できるし」

「わかった。従者に運び出すよう、手配をするよ」

ジェラルドは上機嫌《じょうきげん》で言う。

「ともかくきみは旅が終わっても、俺とグリフィン帝国へ行く。そう決意してくれた、と思っていいんだな？」

真剣《しんけん》な瞳と声で問われ、キャナリーも本気で返事をする。

「ええ。約束するわ」

（グリフィン帝国、ジェラルド皇子殿下付きの侍女。令嬢より侍女のほうが、堅苦《かたくる》しくなさそうだし、お料理も美味しそうだし。うん、悪くないわね）

キャナリーは起き上がり、バスケットに用意されている軽食と飲み物を引き寄せる。

「じゃあ早速、お祝いの宴をしましょうよ、ジェラルド」

「賛成だ」

ジェラルドも起き上がり、キャナリーの頭についていたらしき葉っぱを、優しく払《はら》ってくれる。

「この王国での宴会《えんかい》にはうんざりだが、きみと二人の、青空の下での祝賀会ならいつでも歓迎《かんげい》するよ」

とはいえキャナリーはあまり、お酒には強くない。

だから瓶《びん》に詰めて持ってきていた、野イチゴのジュースで乾杯《かんぱい》することにする。

ジェラルドの瞳のような青い青空に、白く輝《かがや》く雲。

花の香りのする風。そよぐ短い丈《たけ》の草。

この光景を、一生忘れないだろう。

ジェラルドのきらきらと陽《ひ》を透《す》かす銀髪《ぎんぱつ》を見ながら、なぜかキャナリーはふと、そんなふうに思ったのだった。

◆

ダグラス王国に滞在して、五日目の朝。

ジェラルドに呼ばれ、キャナリーはそちらに駆け寄った。

「水晶が、東の方向に傾《かたむ》いてるわ……」

つぶやくと、ジェラルドはうなずく。

「おそらく聖獣は、今、どこか一カ所に留《とど》まっている」

「それじゃ、今なら見つけられるかもしれないのね？」

「ああ。この反応だと、あまり近くはなさそうだが」

「早く行きましょう！　もし聖獣が怪我《けが》をしていたりしたら、大変だもの！」

それでは、とアルヴィンがドアに向かいながら言う。

「従者たちに、準備を急がせます。整い次第《しだい》、出立しましょう」

支度《したく》を終えた三人を乗せた馬車は、整列した王家や貴族の人々に見守られて挨拶《あいさつ》も早々に、ペンデュラムの指し示す方向に出立した。

グリフィン帝国とは違う方向なので、他国に所用ができたという体裁《ていさい》になっている。

ジェラルドの絵に関しては、急いで適当に線や点、円や四角形を描き足して、抽象画として完成したことにしてしまった。

すでにラミアの家から必要なものは、キャナリーの要望に従って帝国の従者たちが運び出し、荷物専用の幌《ほろ》馬車に積み込んでくれている。

こんなに急に出立しなくとも、とランドルフ王太子は、妙にジェラルドを引きとめにかかっていた。

が、国王陛下はものすごくジェラルドに気を遣っている様子で、王太子のわがままをいっさい受け入れようとしなかった。

ラミアと暮らした森から遠ざかるのは、正直、寂しい。

でも何かと厄介《やっかい》事の多かったダグラス王国の宮廷から、これでようやくお別れできることに、キャナリーは安堵《あんど》していた。

そしてすべての準備と挨拶、手続きなどが終わると馬車が走り出す。

しかしアルヴィンの持っているペンデュラムを見て、ハッとした。

「ねえ。またくるくると動き出してしまっているわよね？」

「そうなのです」

困ったように、アルヴィンは肯定《こうてい》した。

「どうやら、再び移動してしまったのかもしれません」

「だが、水晶が一定の方向を示していないということは、とんでもなく別の方向へ飛んでいってしまった、というわけでもなさそうだな」

「この先の森か、岩場の周辺にいてくれるといいんですが」

地図を眺めながら、アルヴィンが言う。

キャナリーが住んでいたのは、王宮から北西の方角にある森で、こちらは東側のため、行ったことのない場所だ。

「移動したかもしれないが、ここまで来たんだ。ともかく行ってみよう」

ジェラルドに従って、もう少し馬車を走らせ、町から街道《かいどう》が延びている先にある、王国外の森の中へと入っていった。

馬車から降りたキャナリーは丈の短い草の上に立ち、ううーん、と大きく伸びをした。

けれど、なぜかいつものような爽快《そうかい》感がなくて、首を傾《かし》げる。

(何か違和《いわ》感《かん》があるんだけれど、どうしてかな。宮廷暮らしのせいで、森の空気を忘れてしまっている、なんてことはないわよね)

そんなことを考えつつ、緑の香りを胸いっぱいに深呼吸する。

アルヴィンとジェラルドは、しばらくじっとペンデュラムを見守っていたが、やがてあきらめたらしい。

「水晶が少しですが、南西側に傾き始めましたね」

「残念だが、完全に、別の場所へ移動してしまったようだ」

その時キャナリーは樹々《きぎ》の間にぽっかりと開けた場所の、苔むした巨大《きょだい》な岩に目をとめていた。

岩の大きさは一軒家《いっけんや》くらいあって、上のほうは平たくなっている。

「……あの下で何か動いてる。ちょっと見てくるわ」

二人に声をかけてから駆けていってよく見ると、それは風に揺《ゆ》れるふわふわとした、白い塊《かたまり》だった。

「綿じゃないわ。動物の毛……？」

手に取ってまじまじと見ていると、ジェラルドたちもやってくる。

「何を見つけたんだ、キャナリー」

「何かの動物の毛みたいだけれど、真っ白で、ふわふわで、こんな毛の動物、森にはいないと思うの」

もしかして、とジェラルドが、何かに気がついた顔をする。

「聖獣の羽毛《うもう》かもしれない」

ありえます、とアルヴィンも肯定する。

「聖獣の羽毛？　これが？」

「ああ。グリフィン帝国に聖獣がいたころには、こういう白い塊が、巣の周辺にたくさん転がっていた記憶がある」

「それじゃ、やっぱりここにいたのよ！　この岩の上なら、休むのにちょうどよそうだもの」

キャナリーの言葉に、ジェラルドは力強くうなずいた。

「うん。我々の読みは間違《まちが》っていなかったに違いない」

「ええ。この羽毛がまだ新しいものだとしたら、そんなに遠くにいるわけではないのかも。南西のほうへ行ってみましょう！」

励ますようにキャナリーが言った、その時。

きゅおおーん、という、かすかな遠吠《とおぼ》えのような声が聞こえた。

（キツネが危険を知らせる声。どうしたんだろう。それに……なんだか変。森に入って、違和感があったのはこのせいだわ。小鳥の声が、ぜんぜん聞こえないのよ）

ジェラルドたちは、馬車へと戻るべく歩き出したが、キャナリーは立ち止まって耳を澄ませる。

そして森のずっと奥に目を凝らして、ようやく気がついた。

（大木の根元の穴に、キツネの巣があるわ。その周りで母親キツネがうろうろしてる……わかった！　森狼《もりおおかみ》から、子ギツネを守ろうとしているんだわ！）

そう察したキャナリーは足元の枝を拾い、ジェラルドたちが歩いていったのとは、反対方向に駆け出した。

近づくほどに、母親キツネが威嚇《いかく》の姿勢をとっていることが、確かに見てとれる。

（穴の中に、やっぱり子ギツネがいる！）

森狼は危険な存在だが、キャナリーは習性と弱点を知《し》り尽《つ》くしている。

油断さえしなければ、追い払える自信があったのだが。

キツネの巣穴にたどりついたキャナリーはそこで、ズン、という奇妙《きみょう》な地響《じひび》きを感じた。

ウウウ、と母親キツネはそちらに向かって、低く唸《うな》っている。

キャナリーも身構えて、じっと暗い森の奥を見つめた。

大きな樹々の陰《かげ》から、ぬうっと姿を現したものは――。

（――あ、あれは、何？）

心の中でつぶやいた瞬間《しゅんかん》、再び、ズン、ズズン、という重低音が、またも足の下を震《ふる》わせた。

ゆっくりと、しかし確かな歩みでこちらに近寄ってきたものは、家の屋根ほどの高さがある、泥《どろ》でできた人の形の怪物《かいぶつ》だった。

（ゴーレム⁉　これが、そうなの？）

その間にも、地響きを伴《ともな》う足音と怪物の姿は、だんだん大きく近くなってくる。

キャナリーは咄嗟《とっさ》に母親キツネを抱えて巣穴に押し込み、その前に立ちはだかった。

（絶対にこの子たちは、傷つけさせない！）

ゴーレムはもう、木の枝を剣のように構えたキャナリーの目の前にまで近づいていた。

土でできた顔に、表情はない。

あまりの大きさと不気味さに愕然《がくぜん》としながら、キャナリーはそれを見上げた。

太い腕《うで》が上げられ、ブンと頭に振り下ろされそうになった、その刹那《せつな》。

スパッ！　とゴーレムの腕が斬《き》り落とされ、宙を飛ぶ。

「！」

次いで、スパッ、ザクッ、と足や胴体《どうたい》、頭までもが、背後から斬り刻《きざ》まれていく。

「キャナリー、無事か⁉」

崩れ落ちたゴーレムの背後に大剣《たいけん》を構えて立っていたのは、ジェラルドだった。

「ジェラルド！　ありがとう、助かったわ！」

ホッとして、満面の笑みで言ったキャナリーだったが、ジェラルドはびっくりするほど怖《こわ》い顔をしていた。

「キャナリー！　ここはきみの育った森とは違う！　ゴーレムがいるんだぞ！」

その剣幕《けんまく》に驚いたキャナリーを、ジェラルドは次の瞬間、ぎゅっと思いきり抱き締めてきた。

怪我はしていないはずなのに、締めつけられるように胸が苦しく感じる。

「ジェラルド……」

「……悪かった。大きな声を出して。だがわかってくれ。きみがゴーレムに襲われているのを見た瞬間、俺はどうにかなってしまいそうだった。心配、などというものじゃない。恐怖《きょうふ》を感じたんだ」

「ご、ごめんなさい、キツネの親子がいて、私、思わず」

「謝る必要はない。きみが無事ならそれでいい。でも頼むから、無謀《むぼう》なことはしないでくれ。きみが傷ついたら、俺はその何百倍も痛みを感じる」

ジェラルドの声も表情も、深刻なものだった。

本当に不安にさせてしまったのだと感じ、キャナリーは反省した。

「ええ。なるべくそうするわ。でも、ジェラルド。その。ちょっとだけ、苦しいの」

あまりに、ぎゅうっ、ときつく抱き締められ、息が苦しかったのでそう言うと、ハッとしたようにジェラルドは、キャナリーの背中に回していた腕を引っ込めた。

「あっ！　す、すまない。つい」

その顔は、なぜか真っ赤になっている。

「ジェラルドこそ、謝る必要なんかないわ。私を助けてくれたんだもの、ありがとう。それに、見て！」

キャナリーはしゃがみ込んで巣穴から顔を出している、子ギツネたちの頭を撫でた。

「この子たちも、無事でよかったわ。お母さんキツネは勇敢《ゆうかん》よ。あんな大きなゴーレムに対して、一匹《いっぴき》だけで威嚇していたんだから」

「森の中とはいえ、こんなに村に近い場所にまでゴーレムが入ってきてしまっているとは」

ジェラルドの背後で、アルヴィンが難しい顔をして、森の奥を見つめていた。

「前にジェラルドたちが襲われた場所は、街道って言ってたわよね？」

尋ねると、ジェラルドはうなずく。

「ああ。俺たちが遭遇《そうぐう》したのは、宿場町から遠い場所だった。旅人や、きみのように森で暮らしている者もいるにはいたが、人の姿は滅多《めった》に見なかったからな」

「村や畑付近への出現というのは、かなり危険ですね」

キャナリーは子ギツネたちを撫でながら、森の奥に視線を向けた。

「それはつまり、ダグラス王国の人々の住む場所に、いつゴーレムが出没《しゅつぼつ》してもおかしくない、っていうことよね？」

最初に出会った時、瀕死《ひんし》の大怪我をしていたジェラルド。

その傷を負わせた怪物が、いよいよダグラス王国に襲来《しゅうらい》を始めるのだろうか。

「そのとおりだ、キャナリー。この一体が歩いてきた方角からして、もし我々が見つけなければ、そのまま村へ入っていただろう」

「ねえ、待って」

キャナリーは嫌《いや》な予感にとらわれて、村の方向に視線をやる。

「この一体だけとは限らないのよね。つまり、聖獣が王国から飛び立って、天敵がいなくなったと悟《さと》ったゴーレムが、もっと他にも王国に向かっている、ってことはないのかしら?」

「キャナリーさんの言うとおりです！　大変だ」

アルヴィンの言葉に、ジェラルドがうなずいた。

「この一体のみ倒《たお》して終わり、ということはあり得ない。むしろ始まりだと、王国に伝えなくては。すぐに、城へ戻ろう！」

ジェラルドは先に使いの者を馬で走らせて、ダグラス王国にこの事態を知らせた。

そのため、キャナリーたちが馬車で戻ったころには、城中が上を下への大騒《おおさわ》ぎになっている。

すでに王太子を含《ふく》む討伐《とうばつ》部隊は出立しており、この王室にしては素早《すばや》い対応だと思ったのだが、それには理由があった。

「西の森近くの村に、別のゴーレムが二体、入り込んできたらしい」

報告を受けたジェラルドの言葉に、キャナリーは足がガクガクとして、座り込んでしまいそうになった。

「そんな……！　あの辺りには、よく薬を売りに行ったわ。ラミアの薬で病気が回復したからと、食事に招いてくれた一家もいるの。のどかで平和な村なのに！」

「今は、王太子たちを信じよう。彼らだって王族なんだ。きっと民《たみ》を守ってくれる」

ジェラルドが、震えるキャナリーを支える。

「そうだといいんだけれど。……私、この国の貴族たちは好きではないけれど、真面目に働いている村人たちや、赤ちゃんや子どもが心配なの。お願い、ジェラルド。もし王太子たちが村人を守れない時には、手を貸してあげて」

もちろん、他国の問題だ。

グリフィン帝国の皇子であるジェラルドには、まったくなんの関係もない。

彼らが守る義務があるのも、助けられるべき人々も、グリフィン帝国の国民に何より優先権があるはずだ。

けれどジェラルドは、まったく躊躇《ちゅうちょ》せずに言った。

「ああ。勝手に動くことはできないけれど、要請《ようせい》があればいつでも力を貸そう。魔力を持つ者は、持たない者を守る。これは、どこの国民であっても同じだと、俺は思う」

「ジェラルド……ありがとう！」

キャナリーはジェラルドの優しさと寛大《かんだい》さに、感激した。

「大事な聖獣捜しの途中なのに、王国の人たちのために戻ってくれるなんて」

「俺の剣の主《あるじ》はきみだ。きみが辛《つら》い気持ちでいることは、俺にとっても心地《ここち》よくない。……問題ないな、アルヴィン？」

ジェラルドが言うと、アルヴィンも了承《りょうしょう》してくれる。

「仰《おお》せのままに。今はともかく、王太子たちの帰還《きかん》を待ちましょう。案外、彼らも上手く戦えるかもしれませんよ」

「私も、本当はそれを一番、願っているわ」

キャナリーは、村人たちの安全をひたすら祈《いの》り続けた。

ゴーレム二体の討伐に向かったのは、王族と血縁《けつえん》関係にある公爵《こうしゃく》家を含め、魔力を持つ十人の青年。さらにそれを守るべく、騎馬《きば》兵士たちの一個小隊がつけられたという。

やがて日が沈《しず》み、空は暗くなっていく。

キャナリーはひたすら、討伐が成功するように、祈るしかなかった。

夜になり、ジェラルドの傍で待機していたキャナリーは、バタンと開いたドアにビクッとした。

「た、助けてくれ。頼む、お力を貸してはいただけまいか」

駆け込むと同時に叫《さけ》んだランドルフ王太子は、半泣きになっている。

「な、なんとか討伐はできたのだが、無傷で戻れたのは、余ともう一人の公爵だけだ。兵士どもは怪我人《けがにん》だらけだし、余の二人の従兄弟《いとこ》は殺された……」

悲惨《ひさん》な報告にキャナリーは絶句したが、ジェラルドは冷静に応対する。

「それはお悔《く》やみを申し上げる。だが討伐が成功して、民が守られたことは何よりの幸いではないか」

「うむ。けれど、もう無理だ……戦えぬ。余はゴーレムのことは教育係の話や、書物で学んではいた。だが、あそこまで残虐《ざんぎゃく》で凶悪《きょうあく》なものだったとは、知らされていなかったのだ」

「しかしご自身が魔法で戦う方法は、学んでこられたのだろう？」

ソファに姿勢よく座っているジェラルドに対し、ランドルフ王太子はその足元に、這《は》いつくばるようにして縋《すが》っていた。

もうプライドも虚勢《きょせい》もかなぐり捨てたらしく、ひたすら低姿勢で言う。

「ほ、ほんの少しならば、魔法は使える。しかし魔法で戦うのは、ものすごく大変ではないか。魔力を剣にのせて使うなど、毎日毎日、とんでもない修業《しゅぎょう》をせねばならぬのだろう?」

「そうだが、それが魔力を持って生まれ、民の上に立つ者の義務だと思う」

ジェラルドの言葉に、初めてランドルフ王太子は、不満そうな顔になった。

「いや、それは違うのではないか。我々は本来、政《まつりごと》をする立場。後ろに控え、指揮をとるのはわかる。し、しかし、自らが先頭で戦うのはおかしい。王族が死に絶えたら、国はどうなるのか」

この言葉に、ジェラルドの目に怒《いか》りが浮かぶ。

「ゴーレムのおらぬ、人と人が戦うだけの世界であればそうなのだろう。しかし違うのだ。王太子ともあろう者が、国に差《さ》し迫《せま》った危機がある時に、現実を見ないでどうする」

「そんなことを急に言われても、困る」

ランドルフ王太子は、駄々《だだ》っ子《こ》のようにわめいた。

「もう! あなたがいなかったら、王国の人々は誰が守るの!?」

思わず言ったキャナリーを、ムッとしたように王太子は見た。

が、次の瞬間、何か名案を思いついたという顔になって言う。

「キャナリー嬢! そなた、地震《じしん》を起こす魔法が使えたではないか」

えっ、と固まったキャナリーに、王太子は詰め寄る。

「あの素晴らしい魔法で、ゴーレムを退治してくれ！」

「素晴らしい魔法？」

キャナリーは呆然《ぼうぜん》とするが、王太子はなぜか瞳を輝かせた。

「おお、そうだ！　わかったぞ！　ゴーレムを追い払う地震を起こす歌姫。つまり、そなたが国を護《まも》る聖女だったのだな、キャナリー嬢！」

「い、いえ。地震が起こったのは、披露会の時だけでしたし……」

そもそも不吉《ふきつ》だのなんだの、散々ひどいことを言ったうえに追放しておいて、素晴らしい魔法を使う聖女認定《にんてい》とは。手のひら返しにもほどがある。

困惑するキャナリーに、なおも王太子は言い募《つの》る。

「いや間違いない！　よし、次にゴーレムが出たら余と一緒に退治をするのだ。そして、ゴーレムを追い払った後に、国を護った王太子と聖女の英雄《えいゆう》二人が結婚《けっこん》する。こんなに素晴らしい結末はないではないか。きっと父上や母上、国民たちも祝福してくれる！」

夢見るように瞳をキラキラさせて、王太子は語ったのだが。

「この非常時に、何を都合のいい想像をしておられるのか！」

ビリビリと壁《かべ》に響《ひび》くほどの声で、ジェラルドが一喝《いっかつ》した。

ひゃあ、とランドルフ王太子はまさに頭上に雷《かみなり》を落とされたように、頭を抱えて身を縮める。

「貴殿《きでん》のせいでキャナリーは、あんなにも素晴らしい歌を歌えるのに自信を喪失《そうしつ》し、迷惑《めいわく》をかけまいと、二度と歌わないという辛い決断までしていたのだぞ。そのように彼女の心を軽《かろ》んじるのであれば、貴殿のことは決して許さぬ！」

ジェラルドは椅子から立ち上がると、腰の大剣をすらっと鞘《さや》から抜いた。

「わあっ、なっ、何を」

ぶん、ぶん、と大剣の切っ先を、恐怖で硬直《こうちょく》している王太子の顔の周囲で振り回した後、ドスッ、と床《ゆか》に突《つ》き立《た》てる。

パラパラと床の上に、斬られた金髪《きんぱつ》が散った。

「ランドルフ王太子、覚悟《かくご》を決められよ！　ご自身が強くなり、ゴーレムを倒せるようになるしか、国を護る方法はない！」

バサバサの散切り頭になってしまったランドルフ王太子は、泣いた子どものような目で、ジェラルドを見上げる。ジェラルドは、冷静に告げた。

「一度ゴーレムが来たからには、いつまた襲撃《しゅうげき》があるかわからぬ。それは今夜かもしれぬし、毎日やってくるかもしれないのだぞ」

「なっ……こっ、今夜にでも⁉　やっと撃退《げきたい》したと思ったのに、そんなにすぐにまた……？」

王太子は、がっくりと両手を床についた。

「……もう駄目だ。ダグラス王国は、これで終わりだ……」

「あきらめるな！」

ジェラルドが、凛《りん》とした声で一喝する。

「ダグラス王国も、かつては勇ましく戦って国を護っていたはずだ。これから精進《しょうじん》すればいいではないか。もちろん今すぐには無理であろうから、この緊急《きんきゅう》事態においては私が手を貸そう」

「えっ！」

王太子の絶望的だった目に、光が宿る。

「我々のために、グリフィン帝国が戦ってくれると？　そ、それはありがたい！」

大喜びする王太子に、ジェラルドは淡々《たんたん》と告げた。

「勘違《かんちが》いされては困る。国と国との約束事は、皇族会議を経て外交使節を通し、誓約《せいやく》書を正式に交わす必要がある。旅に同行してきたグリフィン帝国の戦士たちを、他国のゴーレム討伐に、私の一存で出撃《しゅつげき》させることはできない」

「で、でも、手を貸してくれると……」

ジェラルドはおろおろしている王太子から、キャナリーに視線を移した。

「剣の主、キャナリーの希望により、私が個人的に手を貸すということだ」

個人？　とびっくりしてキャナリーはジェラルドを見る。

「たった一人で、ゴーレムと戦うつもりなの？」

と、背後から誇《ほこ》らしげに、アルヴィンが言う。

「お一人ではありません、私も参ります。それにキャナリーさん。森でジェラルド様が、ゴーレムを一瞬《いっしゅん》で倒すのをご覧になったでしょう。群れならともかく数体であれば、ジェラルド様にとって、物の数ではありません」

確かにそうかもしれない、とキャナリーは助けてもらった時のことを思い出す。

ジェラルドは改めて、ランドルフ王太子に告げた。

「キャナリーがいなければ、ゴーレムのことを知らせるために王国へ戻ることもなかった。つまりすべては、このキャナリーのおかげ、ということを忘れないでいただきたい」

王太子はゆっくりと灰色の目をキャナリーに向ける。

そしてなんとも言えない複雑な表情で、感謝する、とつぶやいたのだった。

「ゴーレムは、昼も夜も関係なく襲ってくるの？」

王太子が退室した後、キャナリーは月に照らされた窓の外を、不安な気持ちで見つめる。

そうです、とアルヴィンが答えた。

「しかし、毎日寝ずに番をするわけにはいきません。ダグラス王国も、見張りくらいは立てているでしょうし、眠れる時に眠っておきましょう」

うなずいたジェラルドは、いつでも出動できるように、腰に大剣を下げたまま椅子で仮《か》眠《みん》をとるらしい。

アルヴィンもすぐ使えるように魔法具を並べ、外出着のままで休むようだった。

キャナリーは安心して眠るようにと言われたが、とてもそんな気にはなれない。

「二人はゴーレム出現の報告があったら、すぐに戦いに行くんでしょう？　私だけ寝ているなんて、そんなのイヤよ！　……ねえ、ジェラルド。私、もうみんなを傷つけないために、二度と地震を起こした歌は歌わないって決めていたんだけれど。もし王太子の言うように地震を起こしたら……せめてゴーレムの足止めくらいはできるかしら」

思いつめた顔で、キャナリーは言った。

そんなキャナリー。無理にそんなことはしなくていい。それよりきみが人々を救いたいなら、

「キャナリー。無理にそんなことはしなくていい。それよりきみが人々を救いたいなら、他に方法があるじゃないか」

「え？　どういうこと？」

「俺はきみの歌が持つ、癒《いや》しの力を信じている」

癒しの力、とキャナリーは頭の中で繰《く》り返《かえ》した。

「……そうよね。子守《こもり》歌なら、地震は起こらなかったんだもの」

「だからその力を発揮するためにも、今は休息をとってほしいんだ。いいね、キャナリ

なずいた。

「ジェラルド……」

キャナリーは、自分だけが休むということにまだ納得できてはいなかったが、力なくうなずいた。


キャナリーは間もなくベッドに入ったものの、とても眠れない。

（ジェラルドのことは信じてる。でも……）

たとえ子守歌に本当に癒しの効果があるとして、それはどのくらいの効き目や即効性《そっこう》があるのか。歌えばいつでも癒しの魔法が発生するのか。

様々な条件を考えると、『歌って、もし上手くいかなかったら……』と自信をなくしてしまう。

歌で癒しを施した（らしい）のは、ジェラルドたちの治療《ちりょう》の時の、たった一回だけなのだから。

ならば、歌以外で何か……と考え、ハッと目を開ける。

（そうだわ。私は薬が作れる。魔法じゃなくても、怪我をした兵士や村人の治療ができるじゃない！）

そこまで考えて、キャナリーはガバッと起き上がった。

（やっぱり、寝てなんていられない！　たった今、苦しんだり困ったりしている人たちがいるんだもの）

そうしてキャナリーは寝室《しんしつ》を抜け出すと、シンと静まり返っている城の中を、駆けて行ったのだった。

第五章　聖女キャナリー

（な、なんてこと……！）

深夜にキャナリーが訪問したのは、兵舎の近くにある救護棟《とう》だった。

すぐ隣《となり》には教会があって、いつもならば長く寝《ね》ついている病気の患者《かんじゃ》が多いのだが、今日は様子がまったく違《ちが》っている。

キャナリーは愕然《がくぜん》として、皿と薬の匂《にお》いが充満《じゅうまん》した救護棟の隅《すみ》に立《た》ち尽《つ》くし、しばらく動くこともできずにいた。

もちろん怪我人《けがにん》の手当ては慣れているが、こんなに大勢の重傷《じゅうしょう》者を目《ま》の当《あ》たりにしたことはかつてない。

ゴーレムとの戦いで傷ついた兵士や、樹々《きぎ》や建物の倒壊《とうかい》に巻き込まれた村人たちが、仮設の板のベッドに横になり、傷の痛みに呻《うめ》いている。

白い装束《しょうぞく》の医師と、手伝いの侍女《じじょ》たちが、わずかなロウソクの灯《あか》りを頼《たよ》りに、必死に治療《ちりょう》に当たっていた。

熱のある兵士のためか、水を運んできた侍女が目の前を通りかかり、キャナリーはハッと我に返って自分を叱咤《しった》する。

(しっかりしなきゃ！　黙《だま》って見ている場合じゃないわ！)

「あっ、あの。何かできることはないでしょうか？　私、薬売りなんです！」

袖《そで》まくりをしたブラウスにスカート、それにエプロンをつけた格好のキャナリーは、引《ひ》っ越《こ》しの準備でラミアの家から馬車に積み込んでいた薬草を、籠《かご》いっぱいに入れて抱《かか》えていた。

それを見た侍女は、村の薬師と信じたらしい。

「ありがたいわ、なんでもやってちょうだい。まだ何も治療をできていない怪我人が、たくさんいるの。奥のほうから診《み》てあげて。あっちに乾《かわ》いた包帯があるわ」

「わかりました！」

キャナリーはだだっ広い部屋の壁際《かべぎわ》をそっと進み、血止めの薬を使ったり、膏薬《こうやく》にするための薬草に油を混ぜ、てきぱきと治療を始めた。

「うう。い、痛い」

「苦しい。胸が、潰《つぶ》れそうだ」

はあはあという、荒《あら》い息遣《いきづか》い。痛みを堪える呻き声。眠《ねむ》れている人は、ほとんどいないようだった。

(重傷患者が多すぎる。このままじゃ治療が追いつかないわ……)

包帯を巻きながらぐるりと見回すと、医師は三人ほどしかいないようだ。

対して、兵士や村人たちの数は合わせて五十人ほど。

このままではどんなに急いだって手が回りきらず、命を落とす人が出てしまうかもしれない。

(どうしよう、このままじゃ……やっぱり歌ってみるしかないの？　でも癒《いや》しの力は不確実だし……)

キャナリーはぎゅっと目をつむる。

その時、どさっという音がした。

振《ふ》り向《む》くと、先ほどまで固定した足を伸《の》ばし、椅子《いす》に座っていた青年が床《ゆか》に倒《たお》れている。

痛みで意識が朦朧《もうろう》とし、倒れてしまったようだが、倒れた際に頭を打ちつけたのか血が出ている。

「っ！　大丈夫《だいじょうぶ》ですか、しっかりして！」

目の前の患者の包帯をぎゅっと結び、キャナリーは急いで青年に駆《か》け寄《よ》る。

必死に声をかけながら、キャナリーは強く祈《いの》った。

(この人を助けたい、皆を助けたい)

そう思ったとたん、キャナリーの心に踏《ふ》ん切《ぎ》りがつく。

(もしかしたら、勘違《かんちが》いかもしれない。でも、私の癒しの力を信じると言ってくれたジェラルドを、私は信じる。人を助けるのに、躊躇《ちゅうちょ》することなんて何もない！）

キャナリーは頭を打って昏倒《こんとう》した大柄《おおがら》な青年の頭に、できるだけそっと包帯を巻きながら、小さな、囁《ささや》くような声で歌い始める。

それはラミアやジェラルドたちに歌って聞かせたのと同じ、子守歌《こもり》だった。

すると血の気を失っていた、真っ白な青年の顔に少しずつ赤味が戻《もど》ってくる。

焦点《しょうてん》の合わなかった目を覗《のぞ》き込むと、その瞳《ひとみ》はゆっくりと光を取り戻し、キャナリーを見つめて瞬《まばた》いた。

よかった……とキャナリーはホッとする。

地震《じしん》も起こらなかったし、歌の効果かまだ確証はないけれど、青年は一命を取り留めた。

「もう大丈夫よ。ゆっくり休んで」

キャナリーは再び青年の耳に、囁くように子守歌を歌って聞かせた。

包帯を巻き終えるころには、安心したように目を閉じて、すやすやと心地《ここち》よさそうに眠り始めていた。

キャナリーはそれを見届け、次から次へと子守歌を歌いながら治療を続けていく。

かすかな声で歌っていたつもりだったのだが、いつの間にか何人かが気がついていたらしい。

別の場所で治療に当たっていた医師が立ち上がり、こちらに向かって言った。

「歌っているのは誰《だれ》だ。そんな余裕《よゆう》があるなら手伝ってくれ」

「す、すみません」

キャナリーはすぐに歌うのをやめ、医師のほうへ手伝いに行こうとしたのだが。

その時、別方向から素《す》っ頓狂《とんきょう》な声が上がった。

「お……折れたはずの腕《うで》が上がった！」

その怪我人は、包帯を巻いた腕を上げ、真っすぐ伸ばしたり、肘《ひじ》を曲げたりしている。

「きっ、君はさっき治療したばかりの……」

医師が信じられないものを見たような目で言うと、その怪我人の隣で寝転《ねころ》ぶ人がもぞもぞと動く。

「うるさいな、やっと眠っていたのに……っなに、目が、目が見える！　ロウソクの灯りが、やつらに目を潰されたはずの俺にも見えるぞ！」

「あの化け物にざっくりやられた傷が、ふさがっちまった！」

「奇跡《きせき》よ、この兵士さんの出血が止まっている！　ああ神様、彼は助かるわ！」

次々と喜びの声が上がる中、キャナリーはびっくりして、胸に手を当てた。

（これが本当に、私の魔法《まほう》……？）

考えても、キャナリーの歌以外には特段何もしておらず、奇跡としか言いようがないことが目の前で起こっている。

ということは、本当に、自分の子守歌に癒しの力があったということで――。

実感していくうちに、キャナリーは安堵《あんど》や感激で胸がいっぱいになる。

そんなキャナリーの周りを、回復した兵士や手伝いの侍女が取り囲む。

「あなたのお名前は」

「今の歌を聞くうちに、どんどん痛みが引いていったぞ」

「うん。優《やさ》しい綺麗《きれい》な歌声だと思っているうちに、嘘《うそ》みたいに傷が治っちまった」

「聖女様だ。そうだろう？　伝説の大聖女様が降臨されたんだ！」

「大聖女様！　ありがとうございます！」

彼らの賞賛にびっくりしながらも、素直《すなお》に嬉《うれ》しい。

ここで治療している兵士や村人たちは、キャナリーが大食いの元子爵令嬢《ししゃくれいじょう》であること
も、追放されて不吉《ふきつ》だとさげすまれていた、元歌姫《うたひめ》であることも知らない。

だからただ、キャナリーです、とだけ名乗った。

こそばゆい気持ちになるも、しかし浮《う》かれていてはだめだと我に返る。

「あのう。念のため、もう一曲聞いてもらえるかしら」

確信を持つためにもう一度歌って、確かめたい。それに、まだ治療できていない人がい
るかもしれない。

キャナリーが言うと、救護棟に拍手《はくしゅ》が沸《わ》き起《お》こる。

「歌ってください！　すごく身体《からだ》が楽になったんです」

「まだ少し、足が痛む。お願いします、大聖女キャナリー様」

「聖女なんかじゃないわ。森の薬売りに育てられた、ただの娘《むすめ》よ」

照れくさくなってキャナリーは言い、それから兵士たちが心地よい眠りにつくまで、何度も子守歌を歌って聞かせたのだった。


明け方近くまで歌っていたキャナリーは、さすがに疲れ果てていた。

そして身体から力がすべて抜《ぬ》けてしまいそうなほど、お腹《なか》が空いていた。

ふらふらとよろけながら部屋へと戻ると、そこに心配顔のジェラルドがいて、びっくりしてしまう。

「キャナリー！　心配したじゃないか！」

「ど、どうしたの？　こんな朝早くから。まだ寝ていればいいのに」

「きみがいなくなったと報告を受けて、寝ていられるわけがないだろう！」

ジェラルドの声には、はっきりと怒《いか》りが含《ふく》まれている。

キャナリーは思わず謝った。

「ご、ごめんなさい。どうしても居ても立ってもいられなかったの」

「それで、夜更《よふ》けにベッドを出ていったい……一人で何をしていたんだ？」

「え？　一人じゃないわ」

「一人じゃない？　で、では誰と」

ぎょっとしたように、ジェラルドは目を見開く。

「誰と、って言われても。相手はたくさんいたし」

「そ、それは、その、まさか、相手は男ということか？」

ますますジェラルドは、焦《あせ》った顔つきになった。

「ええ、ほとんど男の人たちよ。夜中からついさっきまで、ずっと一緒《いっしょ》にいたの」

キャナリーは正直に答える。

「キャ……キャナリー……」

ジェラルドはなぜかめまいがしたように、額に手を当てふらっとなった。

もう片方の手を椅子の背もたれについて、なんとか身体を支えている。

「えっ、何、どうしたの、大丈夫？」

慌《あわ》てるキャナリーにジェラルドは、苦悩《くのう》をにじませた声でつぶやく。

「き、きみは。……複数の男と、一夜を……共にしたというのか」

「そんなことより、聞いて！　ジェラルド」

「そんなことより……？」

絶望的な表情になるジェラルドをおいて、キャナリーは続ける。

「あなたのおかげで上手くいったのよ、ありがとう！」

「……なんのことだ？」

「ジェラルド、あのね。昨晩救護棟で子守歌を歌ったら、あなたの言うとおりに怪我《けが》が治ったの！」

　キャナリーは昨晩のことについて、すべてジェラルドに話した。

　聞いているうちに、ジェラルドはなぜかどんどん落ち着きを取り戻し、目つきから鋭《するど》さが消え、表情も晴れやかなものになっていく。

「最初は治療の手伝いのつもりだったんだけど、あまりに手が足りなくて……。切羽詰《せっぱつ》まった時に、あなたのことが頭に浮かんだの。だから勇気を出して、歌うことができたわ。ありがとう、ジェラルド」

　そうだったのか、とようやくいつもの調子になったジェラルドは晴れやかな顔で言う。

「やはりきみは歌うことで、癒しの魔法が使えるんだな。信じていたとおりだった。何しろ俺が一番、身をもって知っているんだからね。……そして、悪かった。妙《みょう》な勘繰《かんぐ》りをしてしまって」

　勘繰り？　とキャナリーが眉《まゆ》を寄せると、なんでもない、とジェラルドは慌てて手を振る。

　その時、きゅるるるるー、とキャナリーのお腹が盛大《せいだい》に鳴った。

　きゃっ、と恥《は》ずかしさにお腹を押さえたキャナリーだったが、容赦《ようしゃ》なく胃袋《いぶくろ》が、さらにぐうぐうと空腹を訴《うった》える。

「キャナリー。なんだか顔色が悪いし、やつれて見える。働きすぎたんじゃないか？」

「そ、そうなの……」

キャナリーはへなへなと、その場に座り込んでしまった。

「確かにお腹がおかしくなりそうなくらい、ぺこぺこなの。眠くはないんだけど、身体に力が入らなくて……」

「それはまずい。すぐに何か作って持ってこさせよう」

「え、きゃっ」

足に力の入らないキャナリーをジェラルドが抱《だ》き上《あ》げ、ソファに移動する。

キャナリーは突然《とつぜん》のお姫《ひめ》様抱っこに目を白黒させた。

優しくソファの上に降ろされ、キャナリーはそのまま横になった。

間もなく、大至急用意してもらった軽食が、ワゴンに乗せられて運び込まれる。

途端《とたん》に、ぐったりとソファに倒れ込んでいたキャナリーが、ぱっと起き上がる。

キャナリーはもう、わき目もふらず、湯気の上がっている焼きたての丸いふわふわパンにかぶりつき、搾《しぼ》りたての新鮮《しんせん》なミルクを飲んだ。

「キャナリー、ゆっくりよく噛《か》んで食べるんだぞ。喉《のど》に詰《つ》まらないように気をつけて。それにこっちは熱いから、火傷《やけど》しないように」

ジェラルドはその横で、せっせとパンにバターやジャムを塗《ぬ》り、スープを吹《ふ》いて冷ましてくれる。

そうしてパクパクとすごい勢いで朝食を食べていると、アルヴィンも寝不足《ねぶそく》な顔で部屋に入ってきた。

「キャナリーさん！　どこにいたんですか」

そのアルヴィンもジェラルドから説明を受けると、ホッとした顔で胸を撫《な》で下《お》ろす。

「なんにせよ、よかった。私も心配したんですよ！　それはそうとして……ジェラルド様！　バターを塗る役目は、私が代わります」

「いや、皇子たるもの何事も経験だ。こういう機会は滅多《めった》にない」

「そ……そうかもしれないですが」

「ごめんなさい。なんだかいつもとは比にならないくらいお腹が空いて仕方がないの。たくさん歌って疲れちゃったのかしら？」

手を止めず、もむもむと、頬《ほお》をリスのように膨《ふく》らませる。食べ進めると身体がしゃっきりしてきたキャナリーに、アルヴィンは苦笑《くしょう》した。

「キャナリーさんの歌に、回復の魔力《まりょく》があることは確実となってよかったですが……。もしかしたら、歌うとお腹がすくのでしょうか」

アルヴィンの言葉に、五つ目のバケットに切れ目を入れてたっぷりジャムを詰め込んでいたジェラルドが言う。

「あり得るな。キャナリーの魔力の源は、食事なのかもしれない。それにしても、癒しや回復の魔法が使えるのは、どの国だろうとまさしく特別な、伝説の大聖女だ。きみは実はどこかの王家か大司祭の、隠《かく》し子《ご》ということはないだろうか」

「それはないと思うわ」

キャナリーは口の中のものを、ミルクと一緒に飲み込んだ。

「だってラミアが、せめてそういう赤《あか》ん坊《ぼう》だったら、金目の護符《ごふ》か、お守り代わりの宝石なんかがあってよかったのに。お前は丸裸《まるはだか》で、木の幹の間に引っかかっていたんだからいやになっちまう、ってよく言ってたもの」

「木の幹の間？　それはそれで不自然だな」

ジェラルドが首を傾《かし》げたその時、部屋の扉《とびら》がノックされた。

『失礼いたします。至急、ランドルフ王太子殿下《でんか》が、お目にかかりたいとのことです。お通しして、よろしいでしょうか』

また面倒《めんどう》なのがやってきた、と三人は顔を見合わせたが、さすがに一国の王太子を邪険《じゃけん》にはできない。

「どうぞ」

ジェラルドが言うと、なぜか驚《おどろ》いた顔をしてランドルフ王太子が入ってきた。

「こっ、これはこれは。このような早い時間に、皇子殿下がこちらの部屋におられるとは」

「私がキャナリーの部屋にいたら、何か都合が悪いのか、ランドルフ王太子」

「そ、そうではないが、びっくりしたので。のう、そなた。キャナリー嬢」

「私に？　なんのご用ですか？」

王太子が自分に用があるだなんて、いったい何事かとキャナリーは訝《いぶか》しがる。

「実は起きて早々に、昨晩の話を聞いたのだ。そなたが救護棟で歌い、そのおかげで兵士たちの怪我が回復したと」

「……」

どうしよう、とキャナリーはジェラルドの顔を見た。

いずれはバレてしまうかもしれないが、癒しの力が公《おおやけ》になったら、いろいろと厄介《やっかい》なことになりそうだ。

ジェラルドはキャナリーの目をじっと見つめ、自分がついている、というようにうなずいた。そのためキャナリーは、正直に言うことにする。

「なっ、なんと！　そなたは癒しの魔法が使えたのか、キャナリー嬢！　そ、それではやはり、そなたが聖女だったのだな！」

キャナリーの説明に、ランドルフ王太子は驚き、賞賛し、喜びに顔を輝《かがや》かせた。

「で、では頼《たの》む！　我が親族、叔父上《おじうえ》や公爵《こうしゃく》たちにも歌ってやってくれまいか。ゴーレムとの闘いで、傷ついた者が何人もいるのだ」

この人たちが戦えなければ、多くの村人や町人たちが今後被害《ひがい》に遭《あ》ってしまうだろう。疲れ切っていたけれども、頼みを聞くべきだろうかとキャナリーが思ったその時、ジェラルドがかばうように前へ歩み出る。

「ランドルフ王太子。今の話を聞いて、この様子を見て、気がつかぬのか。キャナリーは昨晩から、一睡《いっすい》もしていない。疲労困憊《ひろうこんぱい》しているのだ。まずは休ませてあげてほしい」

「ジェラルド……」

思いやりに、キャナリーは胸が熱くなる。ジェラルドは、さらに続けた。

「癒しの魔法が使えるからといって、キャナリーを好き勝手に利用するなど、言語道断。その力を私利私欲のために使うのであれば、私は黙っていない！」

ランドルフ王太子は図星をつかれたのか、ギョッとした顔になる。

ジェラルドは厳しい表情で、ランドルフ王太子に念を押した。

「決してそのようなことはしないと誓《ちか》うこと。そして、何よりキャナリーに休息をとらせること。その条件を呑《の》むのであれば……そのうえでキャナリーが応じるのであれば、私も納得《なっとく》しよう」

「い、いや……余は別に、そんな、私利私欲のためなどと……ううん、しかし……」

ランドルフ王太子は、しばらくぶつぶつと、悔《くや》しそうに何か独り言をつぶやいていた。

が、結局はジェラルドの条件をすべて承知し、退散していく。

そしてキャナリーは、空腹を満たしてゆっくりと睡眠《すいみん》をとってから、王族たちの治療に向かうことになったのだった。


目が覚めてからキャナリーは、王族や、それに連なる高位の貴族たちの部屋を訪ねるため、きちんとしたドレスに着替《きが》える。

それから各部屋を訪問し、ようやく歌い終えたころには、再びひどい空腹に悩《なや》まされた。

けれど事態を承知しているジェラルドは、料理を用意してくれていた。

（うーん、美味《おい》しい！　栄養が全身に染《し》み渡《わた》っていくみたい。歌った疲れがどんどん回復していくわ。……でも、どうしたのかしら。ジェラルドったら、ずっと何も言わないで）

キャナリーが大きな鍋《なべ》、一杯分くらいのシチューをたいらげ、チーズパイを四つ食べ終えたころ、ようやくジェラルドが口を開いた。

「……実はキャナリー。頼みがあるんだが」

「どうしたの。ジェラルドらしくないわね。遠回しな言い方をしないで、言ってみて」

うん、とジェラルドはうなずいたが、なぜかためらう。

それから目元をほんの少し赤くして、口を開いた。

「実は、キャナリー。つまりその、ドレスを……脱《ぬ》いでほしい」

えっ、とキャナリーは手にしていたフォークとナイフを置き、顔を上げてジェラルドを見る。

「どうして？」

「その……心配しないでくれ、何もしないから」

「見損《みそこ》なったわ、ジェラルド！」

キャナリーは叫《さけ》んで、憤然《ふんぜん》として立ち上がる。

「何もしないけど服を脱げ、って言う男は世界一の嘘つきだ、絶対に信用するな、ってラミアに口癖《くちぐせ》みたいに言われてたわ！　あなたがそんな人だったなんて！」

「ちょっと待て、キャナリー！」

「キャナリーさん、誤解です！　私たちは、あなたの背中が見たいのです！」

ジェラルドをかばうようなアルヴィンの言葉に、背中？　とキャナリーは二人を見つめる。

「そ、そうなんだ、キャナリー。きみの背中には、アザがないか？　肩甲骨《けんこうこつ》の辺りに。申し訳ないが、それを確かめさせてほしい」

「そ、そういうこと……えっと、ごめんなさい」

恥ずかしくなって、すとんと座ったキャナリーは、あっ、と思い出す。

「そういえば、子爵家で言われたことがあったわ。私を養女として引き取ったのは、背中にアザがある、って話を薪《たきぎ》を売りに来た森の男から聞いたからだ、って」

「薪を売りに来た森の男？」

それまで低姿勢だったジェラルドが、なぜか急に憮然《ぶぜん》とした表情になる。

「いったいなんだってその男が、きみの背中のアザについて知っていたんだ」

「さあ？　でも、知っていてもおかしくないわ。私、水浴びは川でしていたもの」

えっ、とジェラルドは固まった。

「それはその、外に流れる川、ということか？」

「当たり前じゃないの。グリフィン帝国《ていこく》では、建物の中を流れる川があるの？」

「いや、そんなものはないが」

「でしょ？　泉は飲み水専用で、お洗濯《せんたく》と身体を洗うのは、川でしていたの。夏の暑い日は泳いだりもしてたわ。なるべく人がいない時に川に入っていたけど、絶対に見られていないとは言い切れないわね」

「き、きみは、その場合には、服を脱いでいたんだよな？」

「そうに決まっているじゃない」

一瞬《いっしゅん》絶句したジェラルドは、思いつめた目をしてアルヴィンに言う。

「その男を見つけて、縛《しば》り首《くび》にできないだろうか」

アルヴィンは、やれやれという顔をした。

「あきらめてください、ジェラルド様。それよりも、建設的な話をしましょう。ともかく、そういうわけなんです、キャナリーさん。お背中を拝見できませんか」

「別に見てもいいわよ。背中だけでしょ？」

全裸《ぜんら》になれと言われたらさすがに断るが、背中を見せるくらい、なんとも思わない。

ついたての裏に行き、ドレス脱ぎ始めると、慌ててアルヴィンが言った。

「わっ、私は退出させていただきます。ジェラルド様、ご確認《かくにん》は任せましたよ」

「あ、ああ。了解《りょうかい》した」

普通《ふつう》の令嬢だったら、シュミーズだけの姿など、決して人前では見せられない、恥ずかしいものなのに違いない。

けれどキャナリーはラミアの家でも森の中でも、薄《うす》い布一枚の服で過ごしていた。

だから、これだけしっかりした生地《きじ》の丈《たけ》の長い下着であれば、キャナリーとしてはもうそれだけで、充分《じゅうぶん》に服を着ている、という感覚になってしまう。

そのせいで、ドレスを脱いでコルセットを外しても、別に恥ずかしさはない——はずだったのだが。

「は……はい。これで背中が、見えるでしょ」

　ジェラルドに背を向け、大きな襟《えり》から腕を抜きつつ、胸の辺りの布を手で押さえて言いながら、なぜかキャナリーの顔は火を噴《ふ》きそうに熱くなっていた。

「……ああ。キャナリーは、自分で自分の背中を見たことはあるか？」

「ないわよ、そんなに首が長くないもの」

　不思議に思いながら答えるが、背後から聞こえてくるジェラルドの声は真剣《しんけん》だ。

「君の背中には、確かに薄桃色《うすももいろ》のアザがある。肩甲骨に沿って、両側にひとつずつ。百合《ゆり》の花びらのような形をしている」

　ジェラルドの視線を意識すると、背中の素肌《すはだ》がくすぐったいような、ぞくぞくするような、奇妙《きみょう》な感じがした。

「そ、そうなの。でもそれがどうして、子爵家が私を養女にしたい、って話になるの？」

「話の前に、このままじゃ風邪《かぜ》を引く。もう確認はできたから、服を着ていいよ」

　首だけ回して背後を見ると、ジェラルドも赤い顔をして言った。

　キャナリーは慌ててついたての後ろに走り、きちんとコルセットとドレスを着終えてから、ジェラルドに向き合う。

「座ってくれ。これから説明する」

　正面の椅子に座ったキャナリーに、ジェラルドは背中のアザについての説明を始めた。

「我々の世に伝わる神話。それは司祭や学者たちによると、中身の半分は物語としての空想が入っているが、半分は過去の事実に基《もと》づいているらしい」

そう、とキャナリーは正直、あまり興味を感じずに適当な相槌《あいづち》をうった。

「何かと思えば、神話のお話だったの」

「ああ。森で暮らしていたきみには、馴染《なじ》みが薄いことかもしれないが。この世界はそもそも、女神《めがみ》イズーナが創ったと言われている」

「それは知ってるわ。歌の魔力も、イズーナが授《さず》けたって、歌唱団で習ったし」

「本題はここからなんだが……キャナリーは食べながら話を聞いてくれていいぞ」

ジェラルドはいつものように呼《よ》び鈴《りん》を鳴らし、小姓《こしょう》にお茶とお菓子《かし》の追加を申しつけ、ついでにアルヴィンを呼び戻した。

「アザは確認されたのですか、ジェラルド様」

「ああ。確かに本物だ。色も形も、知識として知っていたものと寸分たがわない」

キャナリーはその言葉に甘え、ガラス皿に盛りつけられた、いい香りのする宝石のような甘酸《あまず》っぱいフルーツをシャクシャクと食べながら、二人の話を聞いていた。

「それでだ、キャナリー。イズーナはこの世界を創る時に、人間を治めるために王族と皇族を。海を治めるために、竜《りゅう》の一族を。魔物《まもの》を治めるために、聖獣《せいじゅう》を。空を治めるために、翼《つばさ》の一族を創った」

ジェラルドが言うと、アルヴィンがその先を続けた。

「海のない私たちの国に、竜の一族の話はあまり伝わっていませんけれどね。沿海州などでは広く信じられていて、船の守り神とも言われているのです」

ふんふん、とキャナリーはまだ食べながらうなずいた。

今度はジェラルドが話を引き継《つ》ぐ。

「そして翼の一族だが。いにしえの時代には王族と関わることも多く、人間界と馴染んだ者は同化していき力を失った。一方、人との暮らしを嫌《きら》った者たちは争いを避《さ》け、はるか遠方の山々に姿を消した、と言われている」

「ロマンティックな話ね。竜の一族とも、翼の一族とも、会ってみたいわ」

キャナリーはようやく満腹になって、お茶を口にした。

「それで、その話と私の背中のアザに、いったいなんの関係があるの？」

「翼の一族とは言っても、常に重たい翼が背中にあるわけじゃないんだ。大きな魔力を発動した時に、光という状態で目に見えるらしい」

キャナリーは想像して、にっこりする。

「光の翼なんて、綺麗でしょうねえ」

「だから一見しただけでは、翼の一族だということはわからない。しかし確かめる方法はある」

どうやって？　と尋《たず》ねると、真剣な目でジェラルドは言う。

「つまりそれが、キャナリー。きみの背中のアザなんだ」

えっ、とキャナリーは目を丸くして、自分の首を精一杯《せいいっぱい》後ろに向ける。

「わ、私の背中のアザが、翼の一族の『あかし』だ、って言うの？」

「そういうことだ」

二人は、まじまじとキャナリーを見る。

「ええと、待って。少し考えさせて」

キャナリーは懸命《けんめい》に、自分の頭の中を整理しようとした。

自分がただの人間ではなく特殊《とくしゅ》な一族だと急に言われて、納得できる人間はそういないだろう。

「でも、アザなんて誰にでもできるものだし、形も偶然《ぐうぜん》かもしれないわ」

「キャナリーは癒しの魔法が使えるだろう？　実は神話の書物にはっきりと記されていたんだ。翼の一族は癒しの力と穢《けが》れを祓《はら》う力が使えると。その点もキャナリーと合致《がっち》している」

「そ、そう……簡単には信じられないけれど。たとえば癒しの力が私の子守歌の力だったなら、穢れを祓うっていうのは、どういうことなの？　そんな力、使ったことがないわよ」

尋ねたが、ジェラルドは難しい顔のままだ。

「具体的には、俺にもわからない。近年、実際に翼の一族に会った者はいないからね。もしかしたら各国の歴史書に、聖女として出現を確認されている存在には、翼や竜の一族も混在していたのかもしれない」

「私が……翼の一族だとしても、どうして森に捨てられていたのかしら」

「あくまでも想像ですが」

アルヴィンが難しい顔で言う。

「翼の一族は、山腹に住んでいると言われています。たとえば大型の鳥に赤ん坊のころに攫《さら》われ、巣に戻る途中《とちゅう》で枝などに引っかかり、森に落ちたのかもしれません。鷹《たか》などの猛禽類《もうきんるい》は、小動物くらい、簡単に獲物《えもの》として捕《つか》まえますからね」

話を聞き、ますますキャナリーは考え込んでしまった。

いわば、出生の秘密を突然知らされたようなものだ。

「それじゃあ、どこかに私の両親が、いるのかもしれないのね」

「ご両親か。そういうことになるな」

ジェラルドが神妙《しんみょう》な顔でうなずく。

（お母さんと、お父さん。ラミアの家で暮らしていた時は毎日生きるのに必死で、考えたこともなかった。でも、そうなのね。私にもいるんだわ）

様々な思いにとらわれて、黙ってしまったキャナリーを、ジェラルドは気遣《きづか》ってくれる。

「突然こんな話をして、悪かった。魔力のほうにばかり気持ちがいっていた。きみのご両親に繋《つな》がることなんだから、もっと慎重《しんちょう》に考えて伝えるべきだったよ」

心配そうな声に、キャナリーはハッとする。

「いいのよ、気にしないで。私もこれまで考えたことがなかったの。それより今大切なのは、ゴーレムのこと。それに聖獣でしょ。自分の生《お》い立ちについては、暇《ひま》な時にのんびり考えるわ」

さて、とキャナリーは気持ちを切り替《か》えるように、食事を終えて立ち上がる。

「ところでアルヴィン。今度またゴーレムが襲《おそ》ってきた時に、何か私にも使えそうな、魔法具はないかしら」

「はい？　どういう意味ですか」

「キャナリー、何を言っているんだ」

困惑《こんわく》する二人に、キャナリーは説明する。

「だってジェラルドは、個人的に王太子に力を貸すと言っていたでしょう。私がお願いしたのに、ただ見ているだけなんてできない。魔力を封《ふう》じた魔法具があれば、私だって戦えると思うわ」

「キャナリー！」

ジェラルドは、珍《めずら》しく怖《こわ》い顔をする。

「絶対に駄目《だめ》だ！　すでにこの国の王族も、やつらに殺されている。いくら研鑽《けんさん》を怠《おこた》っていたとしても、剣《けん》の訓練を受けた大の男がやられたんだ。きみが戦える相手じゃないぞ」

必死になって説得してくるジェラルドに、それはそうだけれど、とキャナリーはしゅんとする。

「でも……私には癒しの力があるし、何かできることはないかなって」

「ううん。そうですねえ」

言われて、アルヴィンは考えてくれようとしたが、ジェラルドは断固として反対した。

「駄目なものは駄目だ、キャナリー」

ジェラルドは、まったく引こうとしない。

「皆を癒せるとしても、キャナリーが襲われたら、誰がキャナリーを癒すんだ？　もちろん、俺は全力で剣の主《あるじ》であるきみを守るが、万が一ということもある」

でも、とキャナリーはなおも言い募《つの》った。

「剣の主と、あまり距離《きょり》が開いてしまうと、剣の力が弱まるんじゃなかったの？」

「いや。ゴーレムの出現地と工宮の範囲《はんい》くらいなら問題ない。だから城の中でじっとしていてくれたほうが、安心して戦える」

厳しい表情で言うが、キャナリーも引き下がるつもりはなかった。

「前にも言ったでしょ、ジェラルド。私だってあなたを守りたいのよ」

「だから、おとなしくしていてくれることが、俺を守ることだと言っている！」

「私をおとなしい、上品でおしとやかな令嬢だとでも思ってるの？」

「そ……それは全然、思っていない」

「あら、私だってこれでも一応、行儀《ぎょうぎ》作法の勉強はしたわ！」

「そういうことを言っているんじゃない！」

「じゃあどういうこと？」

「そ、そうだな、強くてたくましくて、野性的で個性的で、つまり、その、魅力《みりょく》的だと思っている」

「そうよ、強くてたくましい、森で育った野生児なのよ！　だったら私があなたを守っても、ちっともおかしくないんじゃないの？」

「それとこれとは話が違う！」

ジェラルドが、悪気があって怒《おこ》っているのではないことくらい、キャナリーにもわかる。

お互《たが》いに、相手を思ってのことだ。

それでも引かずに、ムキになって言い合っていたその時、激しく扉がノックされた。

来訪を告げようとした小姓を押しのけるようにして、すぐにランドルフ王太子が駆け込んでくる。

招かれざるその者が持ってきた情報。

それは昨日より、さらに多くのゴーレムが現れた、という聞きたくないものだった。

キャナリーはジェラルドの馬の後ろに乗り、しっかりと彼の背に掴《つか》まった。

別の馬に騎乗《きじょう》したアルヴィンも、ゴーレムの出現した村へと急ぐ。

『キャナリーさん。アルヴィンは馬の背に揺《ゆ》られながら、自分の手の中の小さな護符をちらりと見た。

『お願い。アルヴィンはジェラルドと一緒に戦うんでしょう？　私にも何かできない？』

『キャナリーさん。あれだけジェラルド様に言われたのに、まだあきらめていなかったんですか』

アルヴィンとそんなやりとりを交《か》わしたのは、城を出立する直前だ。

『戦うためのものじゃなくても、お守りになるような。私の癒しの魔法を封じ込められるものがあったら、ジェラルドの力になるかもしれないわ。アルヴィンだって、ジェラルドが万が一にも怪我をしたら困るでしょう？』

根気よくキャナリーが説得し、そういうことでしたら、とアルヴィンが渡してくれたのが、今手にしている紫水晶《むらさきずいしょう》の護符だった。

村に入ると、わあっ、わあっ、と恐怖《きょうふ》にかられた人々が、キャナリーたちとは反対の方向へ駆け出していく。

「早く早く、三枚目の畑まで怪物《かいぶつ》が来とるよ！」

「もうこの村は、終わりだ……」

「待ってくれ！　せめて、種もみだけでも持ち出さないと！」

キャナリーはジェラルドの腰《こし》に、片方の手を回してしがみつきながら、もう片方の手で紫水晶の護符をしっかりと握《にぎ》っている。

そして口元に近づけ、囁くように子守歌を、紫水晶に聞かせていた。

「下りるぞ。キャナリー、ここからは別行動だ。村人たちを頼む」

振り向いたジェラルドに、キャナリーはうなずく。

三人で馬を下りると、キャナリーはゴーレムのほうへ向かおうとするジェラルドに声をかけた。

「ちょっと待って、ジェラルド」

そして彼の腰のベルトにしっかりと、護符の革《かわ》ひもを結びつけた。

「……これは？」

尋ねるジェラルドに、キャナリーは手短に経緯《けいい》を話す。

「あなたの剣の腕がどんなに素晴《すば》らしくても、相手は得体の知れないゴーレムですもの。……お願い。どうか、気をつけて。これをお守りとして持っていてね」

ジェラルドは力強くうなずき、真剣な目でキャナリーを見つめた。

「キャナリー。ありがとう。必ず無事に、きみのもとに戻ると約束する！」

すらり、とジェラルドが、鞘《さや》から大剣《たいけん》を引き抜いた。

「この村もキャナリーも、俺が守る」

ジェラルドとアルヴィンは、まったく恐《おそ》れも躊躇もなく、ゴーレムに向かって駆け出していった。

その背を見送ったキャナリーの目に、ゴーレムが映る。

緊張《きんちょう》に顔を強張《こわば》らせたキャナリーだったが、ジェラルドが何か呪文《じゅもん》のようなものをつぶやくと、剣に不思議な光る紋様《もんよう》が浮かび上がり、それでバサッ、ズバッ、と手前のゴーレムを蹴散《けち》らしていく。

「まあ。あっという間に、一体倒したわ！」

物の数ではない、と言っていたジェラルドの自信が、今ならば納得できる。

キャナリーはキャナリーで、自分のやるべきことをしなければ、と、作戦どおり馬を引いて、救護へ向かった。

「す、すごいお方が、助けに来てくださったようだぞ！」

「どうもダグラス王国の方々ではないようだが……今のうちに、早く！」

逃《に》げ遅《おく》れていた村人たちが、ジェラルドの後ろや横の物陰《ものかげ》から出てきて、様子を窺《うかが》いつつ走っていく。

それまで緊急事態《きんきゅう》を告げるべく、鐘《かね》を打ち鳴らしていた農民も、火の見やぐらから降りてきて逃げ出した。

「まだ残ってる人はいる？　動けない人は？」

彼らに声をかけると、何人かが口々に答えた。

「うちには、寝たきりの爺様《じい》が！」

「母ちゃんが腰を抜かして、動けないんだ！　手を貸してくれ！」

よおし！　とキャナリーは自分に気合を入れて、請《こ》われるままに怪我人、病人の家々を回った。

歌を聞いて元気を取り戻した者たちは逃げていったが、まだ全員ではない。

村の中では一番頑丈《がんじょう》そうな、村長の家を一時的な避難《ひなん》所にしていると村人から聞き、キャナリーはそこに駆けつけた。

家の中には怪我人や年老いた家族がいるため、逃げるに逃げられない村人たちが集まり、不安そうに身を寄せ合っている。

「嬢《じょう》ちゃんの歌を聞いたら、すっかり元気になった、って寝たきりだった隣の爺様が走って逃げていったらしいけど、本当なのかね？」

「うちの父さんにも歌って！　慌てて逃げて、足を怪我しちまったの！」

「俺んとこの婆《ばあ》ちゃんも腰が悪くて、ここまで運ぶのがやっとなんだ」

「大丈夫よ、私に任せて！　でもその前に教えて。外の様子は、どうなってるの？」

彼らに尋ねると、安心したように言う。

「ちょっと前に、最後のゴーレムを仕留めたようだよ。すごい人たちだねえ」

「本当？　よかった！」

「ああ、まったくだ。どこの国の方々が知らないが……」

さすがジェラルド、と喜んだキャナリーだったが、その話を聞いているうちに、ズズン、と嫌《いや》な地響《じひび》きを感じた。

ズーン……ズズーン……というその響《ひび》きは、低く重く、どんどん大きくなってくる。

キャナリーは一瞬、自分の歌のせいで地震が起こったのかと慌てたが、明らかに揺れ方が違う。

「地震……じゃないわ。この音は何？　……まさか！」

キャナリーだけでなく、村人たちも不安にかられて道に出る。

そして、そこで目にしたものは――。

「ゴーレムの……た、大群……！」

森のほうから、横に異様なまでに長く広がった、黒い塊《かたまり》がやってきていた。

村人たちは愕然として、まがまがしい怪物たちを見つめて立ちすくむ。

(いくらジェラルドが強くても、こんな大群に襲われたら命だって危ないわ!)

ジェラルドはキャナリーの家に来る前、ゴーレムの大群に出くわし、瀕死《ひんし》の状態になったのだ。その時の大怪我を思い出し、ぞっと背筋が凍《こお》る。

キャナリーは息を呑み、咄嗟《とっさ》にジェラルドの傍《そば》に行こうと、走り出したのだが。

(どうしよう……行っても足手まといになるだけだわ。援軍《えんぐん》を呼びに行くのも間に合わない。でも、このままじゃジェラルドが……)

懸命に頭を巡《めぐ》らせて、キャナリーはハッとした。

(……そうだわ! 歌声ならすぐに届く! ジェラルドにも、まだ治療途中の村人にも。幸い風も、村から森のほうに向かって吹いてるもの!)

そう思いついて周囲を見回し、地面を蹴《け》ったキャナリーが目指したのは、火の見やぐらだった。


「ジェラルド様! 穢れを嫌う石が、ドス黒く反応しております!」

四体のゴーレムを難なく斬《き》り伏《ふ》せたジェラルドだったが、剣を鞘に仕舞《しま》う間もなく、アルヴィンの悲鳴のような声を耳にした。

「ああ。石を見るまでもない」

すでにゴーレムの大群は、目視で確認できる場所まで迫《せま》っていた。

「キャナリーは無事に、住民たちを逃がせただろうか？」

「はい。ですが、怪我人たちは遠くまで逃げられないようで、あの家の軒先《のきさき》に、人の姿が見えます」

そうか、とジェラルドは大剣の柄《つか》を握り直す。

「では決してゴーレムを、ここから先には行かせられないな。ただの一体たりともだ！」

はっ！　とアルヴィンが返事をしたと同時に、ジェラルドはゴーレムの大群に向かって走り出した。

スパッ、と先頭のゴーレムの首が飛び、それが地面に落ちる前に、別のゴーレムに斬りかかる。

ゴオッ、と四方八方から、ゴーレムたちの腕が襲いかかったが、姿勢を低くし、足の間をするりと抜け、次々に切断していった。

（くそ……まさか大群が、一気になだれ込んでこようとは。この数は厄介だ）

いかに動きが遅《おそ》くとも、ゴーレムは集団で囲い、襲いかかってくる。

いくら避《よ》けてもすぐに別の一団が待ち構え、それを倒してもまた別の一団の、大量の手足がジェラルドに迫った。

永遠に続くような激闘《げきとう》の中、ジェラルドにあきらめる気持ちはまったくない。

しかし少し離《はな》れた場所から、バキッという何かが折れた音と、うわああという悲鳴が聞こえ、眉をひそめる。

「アルヴィン⁉」

やられたか、と様子を見ようとするが、ゴーレムの集団に埋《う》もれるようになっていて、とても状況《じょうきょう》はわからなかった。

（魔法具が破壊《はかい》されたのか？）

しかしアルヴィンを気にする余裕も、今はない。

「くっ！」

眼前に迫るゴーレムの腕を、ガキッと受け止めたジェラルドの剣が、わずかに刃《は》こぼれする。

力を振り絞《しぼ》って押し上げると、ゴーレムの腕が切断されたが、またすぐに別の腕がこちらに伸びてきた。

あっ、と足を滑《すべ》らせてジェラルドは体勢を崩《くず》し、地面に倒れる。

顔を上げると、ゴーレムが腕を振り下ろそうとしているところだった。

その岩のような腕が、頭に叩《たた》きつけられようとしたその刹那《せつな》、ジェラルドの脳裏《のうり》に愛《いと》しい人の顔が浮かぶ。

(――キャナリー!)

愛らしい笑顔《えがお》に、無意識に心の中で叫んだ、瞬間《しゅんかん》。

自分に触《ふ》れたはずのゴーレムの腕が、ボロッと崩れた。

他のゴーレムたちも、ジェラルドに触れるや否《いな》や、ボロボロと崩れていく。

「ど、どうしたことだ、これは」

その時ジェラルドは、自分が紫色《むらさきいろ》の、薄い光の霧《きり》のようなものに包まれていることに気がついた。

(光の霧が、俺を保護膜《まく》のように、守ってくれている?)

その光は、腰につけた紫水晶の護符から発していた。

「キャナリーがくれたお守りか……!」

思わずジェラルドは、キャナリーがいるはずの村のほうへ目をやった。

そして驚くべきものを見つける。

それは火の見やぐらに上がる、何者かの姿だった。

火の見やぐらに上り、状況を目にした瞬間、キャナリーは愕然としていた。

地面に倒れたジェラルドと、それに群がるゴーレムが目に入ったのだ。

（ジェラルド！）

居ても立ってもいられない。

すう、とキャナリーは思い切り息を吸い込んだ。

（守る！　絶対に私が守ってみせる！　ジェラルドは、誰にも傷つけさせない！）

燃え上がるような激しい想《おも》いが、胸の底から湧き上がってくる。

全身全霊《ぜんしんぜんれい》をかけ、強く念じ、祈るようにキャナリーは歌った。

「あおきつき　ひかりのもと　こよいはしずか　ねむれゆうれい　けもの　ようまのすべて……」

その時一瞬、火の見やぐらの周辺が、眩《まぶ》しく発光したような気がした。

「おっ、おい。今、あそこで何か光らなかったか」

「ねえねえ母ちゃん、あの人の背中に羽みたいなのがあったよ」

「え？　何を言ってるの、この子は。そんなものないじゃないか」

「今はないけど、さっきはそう見えたんだもん！」

村長の家の前に出ていた村人たちが、一斉《いっせい》にこちらを見上げている。中にはさっきまで、怪我をして動けなかった村人もいた。

（これならジェラルドだって怪我をしていても、すぐに治るはずよ！）

「……すうすうねむれ　ほしをまくらに……」

何周目かを夢中で歌い終えたキャナリーはふと、これまで前方から押し寄せてくるようだった嫌な気配がなくなったように感じ、異変に気がついた。

ゴーレムの大群の動きが、いつの間にか、ピタリと止まっていたのだ。

急いで目を凝《こ》らすと、ジェラルドが無事なことに気がついてホッとする。

ジェラルドは立ち上がり、いったいどうしたことだというように、動かなくなったゴーレムたちの様子を窺っていた。

「いったい、どうなっちゃったのかしら」

と、ジェラルドがこちらに向かって、真っすぐに走ってくる。キャナリーも急いで火の見やぐらを降りた。

「キャナリー！」

ジェラルドはやぐらの真下までやってくると、顔を上げ、きらきらと目を星のように輝かせて言った。

「奇跡だよ、ゴーレムの動きがすべて止まった！　きっとキャナリーの歌声が聞こえたからだ。なんてすごいんだ、きみは！」

「ほ、本当に私の歌の力なのかしら？　でも、ゴーレムが止まったのならよかったわ。ジェラルド、怪我はしなかった？」

「無傷だよ。きみのおかげだ。正直、危機一髪《ききいっぱつ》の状況もあったんだが」

ジェラルドは腰のお守りを外し、胸を撫で下ろしているキャナリーに見せた。

「これが俺の命を、救ってくれた。きみに命を救われるのは、これで二回目だな」

陽光にきらりと光るお守りを、ジェラルドは大事そうに仕舞う。

「お守りが役に立ってよかった……。ちゃんとジェラルドを守ってくれたのね。でも、命を救うだなんて、大げさよ」

「いや、きみはすごい。いくら褒《ほ》めても、足りないくらいだ。底抜《そこぬ》けに明るくて優しく忍耐強《にんたいづよ》く、人を守ろうとする強さと、勇気まで持っている。さすが俺の、剣の主だ」

言うとジェラルドは、キャナリーの両肩《りょうかた》にそっと手を置いた。

「ほ、褒めすぎよ」

キャナリーはこそばゆくなる。

ジェラルドはふ、と微笑《ほほえ》むと真剣な表情になり、キャナリーを真っすぐ見つめた。

両肩に手を置かれているので、キャナリーも目を逸《そ》らせない。

そうして正面から見つめ合ううちに、キャナリーは心臓が耳の後ろについているのではないか、と思うくらい、ドキンドキンと鼓動《こどう》が大きく頭に響いてきた。

沈黙《ちんもく》の時間が長く続いているような、実際は数十秒しか経《た》っていないのかもしれないような、不思議な感覚になる。

と、ジェラルドの顔が、ゆっくりと近づいてきた。

青い瞳に吸い込まれてしまいそうだ、とキャナリーは思う。

(やだ、どうしたんだろう。なんだか……何も考えられなくなりそう……)

今にもジェラルドの唇《くちびる》が、キャナリーの唇に触れるかと思った寸前——。

積み重なったゴーレムがぐらぐらと動いて、二人はビクッとした。

驚いてそちらを見ると、ボコッと内側が崩れ、アルヴィンがひょっこりと顔を出す。

「アルヴィン!」

ジェラルドが走り寄ると、アルヴィンはゴーレムの破片《はへん》で汚《よご》れた頭を、ぶるると振る。

「無事だったか」

「なんとか結界を張って、耐《た》えていました。ジェラルド様とキャナリーさんは、お怪我は?」

「私たちも大丈夫よ!」

キャナリーも駆け寄りながら答える。

心底安心したように、アルヴィンはホーッと大きく息をついた。

「それは本当によかったです。けれど……」

アルヴィンは心配そうに、ジェラルドとキャナリーの顔をまじまじと見る。

「二人とも顔が赤いですが、まさかお熱があるのでは？」

「こ、これは気にするな！」

ジェラルドが焦ったように言い、キャナリーも慌てて自分の頬に両手を当てた。

（そっ、そうだったわ、ジェラルドの顔が目の前に近づいて、それで……）

思い出した途端、ぼふっ、と頭から湯気が上がったようにキャナリーは感じた。

ジェラルドもかつて見たことがないほど、顔を赤くしてうろたえている。

「つまりあれだ、激戦の後だからだ！　うん、間違《まちが》いない」

「それそれ、それよ！　私も一生懸命《いっしょうけんめい》歌ったから、汗《あせ》をかいちゃって」

ジェラルドとキャナリーは顔を見合わせ、そうに決まっている、とうなずき合う。

アルヴィンは不思議そうにしていたが、追及《ついきゅう》をあきらめたように溜《た》め息《いき》をついた。

「体調が悪いのでなければ、別に理由はなんでもいいのですけどね。……しかし、この有《あり》様《さま》はいったい、何があったんですか？」

身体から残骸《ざんがい》を払《はら》い落としながら、まるで彫像《ちょうぞう》になってしまったようなゴーレムたちを、アルヴィンは目を丸くして見回した。

「おそらくだが、キャナリーのおかげだと俺は思う。歌が聞こえてきたと思ったら、ゴーレムたちが次々に動かなくなっていったんだ」

「って言われても、私はその場面を見ていなかったから状況がよくわからないんだけれど」

キャナリーは困り顔で言う。

「ジェラルドを守りたい、みんなを癒したいって強く祈りながら歌っていたら……いつの間にかこうなっていたの」

「キャナリー……」

ジェラルドは感激したように目を潤《うる》ませる。

「ありがとう。そう思って歌ってくれていただなんて」

えへへ、とキャナリーは照れたように笑う。

「喜ばしいことですが、不思議ですね。まったく動く様子もなく、空っぽの泥《どろ》人形になってしまったかのようです」

言いながらアルヴィンは興味深そうに、ゴーレムに触れてみたりして、検分している。

キャナリーも恐る恐る触れてみたが、ただの岩のようにしか思えなかった。

動いていた時には光っていた目も、今はただの黒い空洞《くうどう》だ。

「眠っているだけ、なんてことはないかしら。子守歌を歌ったから……」

「いえ、おそらくこの後も動くことはないでしょう。穢れを嫌う石の反応が、まったくありませんから」

アルヴィンが取り出した石の色を見て、ジェラルドもうなずく。

「よかった……。じゃあ、もう本当に大丈夫なのね」

キャナリーはようやく緊張を解いた。

「ゴーレムがこんなふうになるのを見たのは初めてだ。さすが、すごいぞキャナリー！」

誇《ほこ》らしげに言うジェラルドだったが、逆にキャナリーはジェラルドに感心していた。

「あなたこそすごいわ、ジェラルド。こんなに不気味で大きな怪物を簡単に真っぷたつにするなんて」

心からそう褒めると、ジェラルドは照れたようだった。

「これでも皇子としての誇りはあるからな。怯《ひる》んでなどいられない」

その言葉を聞き、キャナリーはますますジェラルドを尊敬したのだった。

✦

念のためすべてのゴーレムが動かないことを確認していた三人の耳に、どこからか「きゅぴいい」という鳴き声が聞こえてきた。

なんだろう、と空を見上げると、何か白い塊が降ってくる。

「あれは……雪？　いえ……」

近づくにつれ、白い塊はどんどん大きくなってきて、キャナリーたちに影《かげ》を落とす。

そしてバサバサッと地上に降り立った。

「きゅぴぴっ」

その大きさは、馬二頭分くらいはある。目は真っ黒でくりくりしていて、くちばしは丸く、寝ぐせのような小さいトサカがついていた。

「と、鳥……？」

「シルヴィ!!」

あまりの大きさに呆然《ぼうぜん》とするキャナリーの一方、ジェラルドは喜びの声を上げる。

「シルヴィ！　心配していたぞ、どこでどうしていたんだ！」

「シルヴィって……もしかして、この子が捜《さが》していた聖獣なの？」

尋ねると、ジェラルドは嬉しそうにうなずいた。

「ああ。捜すまでもなく、向こうからやってきてくれた！」

ジェラルドが、モフモフした身体にしがみつくと、シルヴィは首を下げ、頬をすり寄せている。

「きゅぴいい、きゅいい」

「まあ、すっかり甘えちゃって。可愛《かわい》い！」

キャナリーは両手の指を組み合わせ、微笑ましさと愛らしさに、うっとりする。

「キャナリー。来てくれ。きみにも聖獣を紹介《しょうかい》したい」

ジェラルドに呼ばれ、喜んで！　と走っていったその時、すっとシルヴィの頭部の羽毛《うもう》の中に、何か黒いものが隠れたのが見えた。

「はじめまして、シルヴィ。私はキャナリーよ、仲良くしてね」

「きゅぴっぴ！」

すり寄せてきた頭を、キャナリーは撫でた。

「ふふ、ありがとう。……ねえ、ジェラルド。シルヴィの、わっふわっふの羽毛の中に、何かいた気がするの。黒い小さな生き物に見えたけど」

何か悪い魔物に、乗っ取られているのではないか、とキャナリーは心配したのだが。

「大丈夫。それはサラだ。というか、むしろ大きな力を持つのはサラのほうで、同じ聖獣でもシルヴィは乗り物に近い」

「へええ、そうだったのね！」

「シルヴィは風を、サラは火を司《つかさど》る聖獣だ。だがサラは滅多に人に姿を見せないし、懐《なつ》かない」

キャナリーはふわふわすべすべした、シルヴィの羽を撫でながら、サラの潜《ひそ》んでいるであろう付近を眺《なが》めた。

「せっかく聖獣と出会えたんだから、サラとも挨拶《あいさつ》したいわ」

「簡単に言うけれどな、キャナリー。きみがこうして、シルヴィをいともたやすく撫でていることさえ、珍しいことなんだぞ」

「あら、そうなの？」

抱き着くように両腕《りょううで》を羽毛の深くまで差し入れて、わっふわっふの感触《かんしょく》を楽しんだが、シルヴィはおとなしく、気持ちよさそうに目を閉じている。

（サラも出てこないかな。私の歌声に特別な力があるなら、もしかしたら）

思いついたキャナリーは、町に薬を売りに行った時、子どもたちがよく歌っていた童《わらべ》歌《うた》を、口ずさんでみる。

「いしさん　ころころ　けってみよ　こつんころころ　ほらおちた　だいじに　しまってまたあそぼ」

と、シルヴィの羽毛の中から、黒いゴムまりのようなものが、ポンポンと跳《は》ねてから、しゅっと飛び出してきた。

「あっ、来てくれたわ！」

黒い塊はあっと思う間もなく、キャナリーの肩《かた》へと飛び移る。

「この子が、サラちゃんよね？」

それは片方の手のひらにすっぽり収まるほど、小さな小さな黒猫《くろねこ》の姿をしていた。

ただし、単に極小の黒猫、というだけではない。

その尻尾《しっぽ》は、ロウソクの炎《ほのお》のように、ゆらゆらとゆらめく深紅《しんく》の火だったのだ。

「あああ、かー、わー、いいー！」

キャナリーはほとんど悲鳴に近い声を上げ、サラに顔を近づける。

するとサラは、後《うし》ろ脚《あし》だけで立ち上がり、両前脚《まえあし》をキャナリーのほっぺたにぺたりと触れて、くんくん匂いを嗅《か》ぐように、鼻と鼻を近づけてきた。

植物の種子くらいに、ごく小さな鼻がぴとっと触れて、キャナリーは自分の頬が、へにょっと緩《ゆる》んでしまうのがわかる。

「なんなのこの子。何この仕草。可愛い。ああもう可愛すぎて辛《つら》いくらい！」

サラの愛らしさに身悶《みもだ》えるキャナリーをジェラルドは目を丸く口をポカンと開けて見つめていた。

「サラがこんな簡単に、人に懐くとは……。キャナリーの歌には、想像を超《こ》えた効果があったわけだな」

「ねえねえ、このサラちゃんの尻尾って、面白《おもしろ》いわねえ。炎みたいなのに、触《さわ》ってもまったく熱くないの」

「サラの尻尾は浄化《じょうか》の火だ。不浄《ふじょう》の、黒い魔法に侵《おか》されたものしか燃えない」

言いながらジェラルドは歩いてきて、キャナリーの手の中のサラを、まじまじと見る。

「という話を、書物で読んだんだが。本当だったんだな」

ジェラルドが人差し指で、そっとサラの額を撫でた。

その時にはサラはおとなしく、目を閉じて気持ちよさそうにしていたが、炎の尻尾に触れると、ふーっ、と毛を逆立てた。

「駄目よ、ジェラルド。そこは触られたくないんですって。撫でてくれるなら、アゴの下がいいって言ってるわ」

「なんだそれでは、普通の猫《ねこ》と同じ……」

言いかけてジェラルドは、ぎょっとしたような顔でキャナリーを見る。

「きみは、サラと話ができるのか？」

「え？　あ、ああ、そういえばそうね。不思議ねえ、言葉は交わしてないけれど、考えていることは伝わってくる、って感じなの」

「そうなのか。……キャナリーにはいつも驚かされてばかりだ。不思議だが、癒しの魔法が使えるきみが言うと、すんなりと信じられる」

そうだ、とジェラルドはキャナリーとシルヴィ、両方を見ながら言う。

「意思の疎通《そつう》が可能なら、尋ねてみてくれないか？　これまでどこでどうしていたのか。もしも、ダグラス王国からひどい目に遭わされていたのなら、見逃《みのが》せないからな」

キャナリーはうなずいて、そっとサラの頭を指で撫でながら聞いてみた。

次いで、同じ質問をシルヴィにもしてみる。

「どうかな、キャナリー。やはり大変な状況だったのか？」

シルヴィたちから説明を聞いたキャナリーは、ジェラルドに話して聞かせる。

「だいたい、想像していた話のままよ。薬入りの蜜《みつ》酒を飲んだら眠ったような状態になって、何年も何年も裏山の地下に閉じ込められていたのが、ある時私の歌が聞こえてきて……それで」

キャナリーはハッとして、顔を上げた。

ジェラルドも、何かに思い至ったという顔で、キャナリーを見る。

「キャナリー、披露会《ひろうかい》できみが歌った時、地震が起きたと言っていたな？」

「ええ。まさか」

「そのまさかだ。シルヴィとリラが目覚め、幽閉《ゆうへい》されていた地下から脱出《だっしゅつ》した時のがけ崩れの衝撃《しょうげき》、あるいは脱出しようともがいて起きた地響きだったんだろう」

「みゃおおう、んなお」

「きゅぴ、きゅぴいい！」

「そのとおり、ですって！　サラもシルヴィも意識がはっきりしたら壁《かべ》に囲まれていて、狭《せま》いし暗いしびっくりして、大暴れしたらしいわ」

「つまりきみは、聖獣まで救い出していたというわけだ。本当にすごいな」

「……ということは、私の歌に地震を起こす魔力はなかった……?」

「そういうことだ！　もう歌を我慢《がまん》しなくていいんだぞ」

ジェラルドに肯定《こうてい》され、じわじわと安堵が全身を駆け巡る。

二度と皆を危険に晒《さら》す歌は歌わない。歌ってはいけない。

苦しくもそう決断したけれど、もう好きなだけ歌うことができる。

「キャナリー、もっといろんな歌を聴《き》かせてくれ。子守歌以外にも、今の歌以外にも、これからたくさん」

「もちろん！」

キャナリーは潤む目元をぬぐいながら、元気に答える。

キャナリーが笑って言うと、サラも喜んでいるかのように手のひらから肩へ、さらには頭の上に跳び乗ってくる。

「駄目よ。髪《かみ》がくしゃくしゃになっちゃう。ふふっ、耳を舐《な》めたらくすぐったいわ」

頭から肩へ、首の回りへと、ちょこちょこ動くサラが可愛くて仕方ない。

すると自分も構ってくれというように、シルヴィが頭をすり寄せてくる。

モフモフとした聖獣の愛らしさに癒され、ジェラルドの温かい目に見つめられながら、これからはいつでも自由に歌えることの喜びを、キャナリーは噛み締めていた。

第六章 旅立ち

ジェラルドたちがキャナリーの部屋を訪《おとず》れたのは、日が暮れかけたころだった。

「待っていたのよ。王族たちと、どんな話をしてきたの？」

ジェラルドもアルヴィンも、なんだか疲《つか》れた顔をしている。

「これから話すよ。まずはお茶でも飲もう」

キャナリーたち三人は、侍女《じじょ》がお茶のセットを用意したテーブルを囲んで座った。

ジェラルドはカップを口にし、一息ついてから、話し合いの様子を報告する。

「王国側が、すべて白状したよ。裏山に薬を混ぜた供物《くもつ》を用意して捕獲《ほかく》し、聖獣《せいじゅう》たちを閉じ込めていた、とね」

「シルヴィたちが言っていたとおりね！　なんてひどいことをするのかしら、頭にきちゃう」

キャナリーはさくさくと、粉砂糖を振《ふ》りかけた大きな焼き菓子《がし》を食べつつ怒《おこ》る。

聖獣たちはあれから、再び空へと飛び立ったが、離《はな》れていく気配はない。

ジェラルドの近くにいたいのか、王国の上空を旋回《せんかい》しているのが窓から見えた。

「過去にダグラス王国も、ゴーレムに苦しめられ、王族の多くが亡《な》くなったり、不自由なお身体《からだ》になったりしたそうです。国王陛下の体調が思わしくなかったのも、当時のお怪我《けが》が原因だとか。そしてお世継《よつ》ぎの王太子は、ランドルフ殿下《でんか》が一人きり。そこで、なりふり構っていられない、と、聖獣を軟禁《なんきん》する手段をとった、ということでした」

「だからって、他の国に迷惑《めいわく》をかけていいってことにはならないわ」

キャナリーは憮然《ぶぜん》として言った。

聖獣が不自然に姿を消したために、グリフィン帝国《ていこく》は何年もゴーレムにおびやかされてきた。そもそも聖獣は無理やり国に留《とど》めていい存在でもない。

グリフィン帝国だけでなく、聖獣はその近隣《きんりん》の国にも飛んでいくことがあった。それがまったくなくなっていたため、それらの国でもゴーレムの被害《ひがい》が増えていたという。

「せめてもっと魔法《まほう》を勉強して、魔法具を作るとか。ゴーレムの被害が増えていた間に、大急ぎで国を護《まも》る努力をして一刻も早く解放するつもりだった、っていうならともかく。聖獣を捕《つか》まえていた間に、そういうわけでもなさそうだし、同情の余地なしね」

もっともだ、とジェラルドはうなずいた。

「聖獣を閉じ込めてゴーレムよけにするというのは、一見、簡単で確実な方法だが。卑《ひ》怯《きょう》な汚《きたな》い手を使っていたことがバレれば、他国から敵視され、商売だって成り立たなくなっていく。結果としては、あまりに愚《おろ》かだ」

話しているうちに、なんだかキャナリーは不安になってきた。

「それで、ダグラス王国はどうなっちゃうの？　シルヴィたちは、自分で居場所を選べるとはいえ、ひどい目に遭《あ》ったこの国に残るとは思えないし……。この後、またこの国にゴーレムが来たら……村や町の人たちが心配だわ」

ジェラルドは安心させるように、微笑《ほほえ》んでキャナリーに言う。

「大丈夫《だいじょうぶ》。この国も王太子が幼いころまではゴーレムと戦ってきたんだ。今からまた魔法具を作り直すとか備えることはできる」

「あの王太子が、きちんとやってくれるかしら？」

「それについては、しっかり絞《しぼ》ってきたから彼も反省すると信じたい。というか、村人たちの間で『王太子は来ず、他国の人が助けてくれた』と広まっているそうで、このままじゃ王太子の面目《めんぼく》が立たないからな。なんとかしなきゃと追《お》い詰められているさ」

そうだったのね、とキャナリーは感心した。

「そこまで考えているなんて、さすがジェラルドだわ」

「きみにそう言われると、自信が持てるな」

「だったら、いくらでも言うわよ」

「そうか。それじゃあ、もっと言ってくれ」

すっかり二人の世界に入っているキャナリーとジェラルドの横で、アルヴィンが遠い目になっていく。

「ジェラルドは努力家で、勇敢《ゆうかん》で、立派な皇子様だと思ってるわ」

「もっと頼《たの》む。きみの声は耳に心地《ここち》いい」

「本当？　嬉《うれ》しい」

「キャナリー、俺は……」

何か言おうとして、真剣《しんけん》な顔でジェラルドが立ち上がったその時。

ポスッという音がして、分厚い絨毯《じゅうたん》の上に金色のものが転がり落ちた。

「ジェラルド。何か落としたわよ」

キャナリーは、自分の足元に転がったものを拾おうとして手を伸《の》ばす。

それは鎖《くさり》のついた、彫刻《ちょうこく》の施《ほどこ》された金時計で、少しだけ開いた蓋《ふた》の内側から美しい色彩《しきさい》が、ちらりと覗《のぞ》いていた。

「あっ！　キャナリー、触《さわ》らないでくれ。俺が拾う！」

「え？　ええ」

よほど大切なものなのかしら、とキャナリーは手を引っ込めた。

そこでふと思い出す。

「そういえばこの時計、宮廷《きゅうてい》画家に蓋の裏に絵を描《か》いてもらう、って依頼《いらい》したものよね。もしかして、出来上がっていたの？」

サッと金時計を拾い上げたジェラルドは、急いできっちり蓋をしめ、懐《ふところ》に仕舞《しま》った。

「あ……ああ、そういえばそんなこともあったな。これはその、別のものだ」

「そう。でも、どうして慌《あわ》てているの？」

「い、いや、全然、まったく、まるっきり慌てていない。気のせいだよ」

なぜかジェラルドは目を泳がせ、アルヴィンはそれを見てニヤニヤしている。

変なの、とキャナリーが首を傾《かし》げたその時、またも招かれざる客がやってきたことを、小姓《こしょう》が扉《とびら》の向こうで告げた。

かつての養親であったマレット子爵《ししゃく》夫妻は、これまでにも何度かキャナリーに会いたい、再び養子縁組《えんぐみ》のための話し合いをしたいと申し込んできたが、面倒《めんどう》くさいのですべて断っている。

しかしどうしても、訪問を断れない相手がいた。

ここはある意味、彼の家の一角であり、客はこちらのほうなのだから仕方ない。

もちろんその相手とは、ランドルフ王太子だった。

「我々はもう間もなく、出立する。聖獣監禁《かんきん》の件ならば、後ほど国から使節団を寄越《よこ》すと言ったはずだが」

ジェラルドはさっきまでとはまるで違《ちが》う、厳しい口調と表情で言う。

ランドルフ王太子はここ数日の、ゴーレムの襲来《しゅうらい》で恐怖《きょうふ》に怯《おび》えていたためか、国ぐるみの悪事がバレたためか、目の下にはクマができ、やつれたように見える。

「うむ。その件は全面的に、こちらに非がある。父上たちとも話し合い、おそらく我が国は、多くのものを失うだろう。金銭的にも、信用も」

（あら。ちょっとは自分たちのしでかしたことの罪深さを、わかっているみたい）

キャナリーはそんなことを考えつつ、十二個目の焼き菓子を、さくさくと食べていたのだが。

「余がやってきたのは、国のこととは関係がない。キャナリー嬢に、会いに来たのだ」

はい？　とキャナリーはかじりかけの焼き菓子を皿に戻《もど》し、粉砂糖のついた手を、ぱんぱんと払《はら》った。

「私になんのご用ですか？」

座ったまま尋《たず》ねるキャナリーの前で、ランドルフ王太子は片膝《かたひざ》をついた。

「余と、結婚《けっこん》してくれ、キャナリー嬢」

「は？」

キャナリーはポカンとして、先日ジェラルドにバサバサに斬《き》られ、ひどい髪型《かみがた》になっている、お坊《ぼっ》ちゃん頭を見る。

「何を言っている、ランドルフ王太子！」

ガタッと席を立ったジェラルドを、ランドルフ王太子はちらりと見た。

「別に、ジェラルド皇子殿下のものと決まったわけではないのであろう？」

「いや、キャナリーは渡《わた》さない！」

（えっ。あれ、どうしてだろう。そんなふうに言われると、なんだか嬉しい……！）

ジェラルドの言葉に、キャナリーは胸がきゅんとなる。

誇《ほこ》らしげに、ジェラルドは続けた。

「それに、帝国へ一緒《いっしょ》に行くという返事も、すでにもらっているのでな」

「そっ、そうでありましたか。し……しかし、キャナリー嬢！　まだ、男女の契《ちぎ》りを交《か》わしたわけではなかろう？」

血走った必死な目を向けられ、ズバリと率直《そっちょく》に尋ねられたキャナリーは動揺《どうよう》して、思わずうなずいてしまった。

「えっ、ええ、確かに、そういうのは交わしてない、と思うけれど、でも」

キャナリーが話すのを遮《さえぎ》って、ランドルフ王太子はなおも言う。

「覚えているか、キャナリー嬢。そもそも余は、あの披露会《ひろうかい》の時、最初にそなたを所望《しょもう》した」

キャナリーは口をへの字にし、当時のことを思い出して、溜《た》め息《いき》をついた。

「そういえば、そうでしたっけ。だけど髪《かみ》の色がお気に召《め》しただけでしょう？　直後に私、追放されましたし」

「タイミングが悪かったのだ。地響《じひび》きなど起きねば、余はそなたを選んでいた！」

「でもそのせいで、聖獣が逃《に》げてしまって、悪事もバレて、これからはお妃様探《きさき》しどころではなくなったのではないですか？　ゴーレムは今後も、この王国にやってきます。殿下は魔法で戦う鍛錬《たんれん》をされなくてはならないでしょう？」

「だからなのだ、キャナリー嬢。余には、そなたの力が必要だ」

「私の力？」

うむ、とランドルフ王太子は、力強くうなずいた。

「そなたこそは、まさしく国を護る力を持った聖女だ。歌でゴーレムの動きを、封《ふう》じたそうではないか」

言って今度は、ジェラルドを縋《すが》るように見る。

「のう、ジェラルド殿下、お願いだ。グリフィン帝国には、じきに聖獣が戻るであろう。であれば、聖女は余に譲《ゆず》ってほしい」

ジェラルドの青い瞳《ひとみ》が、ギラリと鋭《するど》く光った。

「もう一度、言ってみられよ」

「なっ、なぜそのように怖《こわ》い日をする。いくら皇子殿下とはいえ、聖女まで持っていこうというのは欲張りすぎ……」

ランドルフ王太子が話し終える前に、スパーン！　という鋭い音が室内に響《ひび》いた。

ジェラルドではない。

立ち上がったキャナリーが、甘ったれ王太子のほっぺたを、思い切りひっぱたいたのだ。

「私は、勝手に譲られたり、もらわれたりする、物体ではありません！」

「なっ……そっ、そなた、余になんという無体を」

バシーン！　と今度は反対側から、キャナリーはもう一度、ランドルフ王太子のほっぺたを張《は》り倒《たお》した。

「やっ、やめ、痛いではないか、あっ、ぐっ」

パンパンパパパン、スパパンパン！　とキャナリーは往復で右から左から、ランドルフ王太子のほっぺたを打ちのめす。

「どう？　お怒りになりました？」

じんじんと痺《しび》れる手のひらをぎゅっと握《にぎ》り、キャナリーは凛《りん》とした声で言った。

「お……おのれ、余に、なんということを」

ランドルフ王太子は、真っ赤に腫《は》らした頬《ほお》を押さえ、両目も真っ赤にして、涙《なみだ》と鼻血を零《こぼ》していた。

「悔《くや》しいですか？　けれど前のように追放しろなどと簡単にはおっしゃれないでしょう？　聖女と認められた私、それに私と親しいジェラルドが怖くて。本当に、情けない方ね！」

がっくりと、両手を床《ゆか》についたランドルフ王太子の肩《かた》が震《ふる》えており、泣いているのだとわかる。

「でもどうか、ご安心くださいませ」

キャナリーはテーブルから、食べかけだった焼き菓子を手に取った。

「私のことを恨《うら》んでください。そして、王太子殿下が今後、魔法で戦う方法をお勉強され、私に本気で戦いを挑《いど》みに来たら。その時私は自分一人の力で、お相手します。約束しますわ」

さくっ、と焼き菓子をひと噛《か》みして飲み込み、キャナリーは続ける。

「こんなに美味《おい》しいお菓子もお料理も、いつでも簡単に食べられる。ですから王太子殿下は、武術も魔法も、必死でお勉強される気にならないのではないかしら。つまり、何がなんでも敵を倒したい、という念願や、目標がないからではないかと、私は思うのです」

「余の、目標……？」

ランドルフ王太子はのろのろと、鼻血の垂れた顔を上げる。

ええ、とキャナリーは王太子の潤《うる》んだ目を見てうなずいた。

「私をうんと嫌《きら》って、恨んで、憎《にく》んでください。なんとしてでも、いつか私に魔法で復《ふく》讐《しゅう》する、ぶん殴《なぐ》ると誓《ちか》ってください。それを目標に、強くなっていただきたいのです。あなたの王国の、民《たみ》のために」

「……」

ランドルフ王太子は、鼻血を垂らしたまま無言でキャナリーを睨《にら》むと、肩を落として退室していったのだった。

「痛た……」

赤くなった両手を冷ますように、キャナリーは振る。

嫌われるためにあえて思いっきりビンタしたのだが、やりすぎてしまったのかこちらの手もじんじんと痛む。

「……キャナリー。やはりきみは、すごい人だな」

感動したようにジェラルドがつぶやき、キャナリーはそちらを見て、急に恥《は》ずかしくなってしまった。

「そう？　思ったままを言っただけ。でも本当はもっと、レディにあるまじき言葉遣《ことばづか》いで言いたかったけど、我慢《がまん》したの」

小声で言うと、ジェラルドはくすっと笑った。

当初の目的である、聖獣の行方《ゆくえ》をつきとめたジェラルドたちグリフィン帝国の一行は、翌日に出立することになった。

見送りに参列した王族や高官たちは、今後のダグラス王国の将来を不安に思ってか、誰《だれ》も彼も浮《う》かない顔をしている。

ランドルフ王太子にいたっては、顔が赤く腫れたままで、ほっぺたが倍くらいに膨《ふく》らんでいた。

鋭い眼光でキャナリーを見ると、その唇《くちびる》が、「待っておれよ」と悔しそうに小さく動く。

その表情は以前の、目に生気がなくぼんやりした顔つきより、よほどましになったとキャナリーは思う。

(望むところよ。うんと強くなって、かかってらっしゃい)

キャナリーは不敵に笑って、うなずいてみせた。

王家の人々の後ろには、多くの貴族たちも並んでいる。

そこには恨めしそうにこちらを睨んでいるレイチェルたち、歌姫《うたひめ》三人の姿もあった。

「キャナリー様。そろそろご出立のお時間ですので、馬車へ」

言ったのはジェラルド付きの従者の一人で、キャナリーはうなずいてそちらへ向かう。

それはキャナリーがここに来る時に使った、女性用のものではなく、ジェラルドの乗る一番大きく立派な馬車だ。

「今度はアルヴィンが、別の馬車なのね。本当に私が、ジェラルドと同じ馬車に乗っていいの？」

「ああ。一人のほうがくつろげるなら、女性用の馬車に乗ってもいいが。話し相手がいないとつまらないだろう？」

「もちろんよ。帝国の話をたくさん聞かせてちょうだい」

正面の座席に座ると、馬車は間もなく走り出した。

近くの森に住んでいて、子爵家の養女になってからは王国にも住んだキャナリーにとって、ここはいろいろな思い出が詰まった場所だ。

王国の人々が見送る姿を馬車の窓から眺《なが》めながら、キャナリーは感慨《かんがい》深《ぶか》い気持ちになっていた。

もう二度と、戻ってくることはないかもしれない。

王国にも、森の家にも――。

ここから、新しい人生がスタートするのだ。

「……あのね、ジェラルド」

キャナリーは真っすぐに、ジェラルドを見つめて言った。

「あなたと初めて会った時。最初の夜は治療《ちりょう》をしてバタバタしていたけれど、二日目は一緒に食事ができたでしょう。静かな夜に、お互《たが》いのことを話しながら、スープを飲んで。あの時、ああ、こういうのっていいな、って思ったのよ。それから、ジェラルドと青空の下で、お食事した時も。私のために、パンにジャムを詰めてくれていた時も」

「キャナリー」

ジェラルドが、ふいに真面目な顔と口調で言う。

「二度ときみに、寂《さび》しい思いはさせない。……よ……っ、よかったら。その。……こ、これから先、俺と、ずっと一緒に食卓《しょくたく》を囲んでくれないか！」

真摯《しんし》な声と瞳に、キャナリーがドキリとして、目を見開いたその時。

「きゅいい！」

甲高《かんだか》い鳴き声が聞こえ、二人で馬車の窓を見る。

すると、空に真っ白いモフモフしたものが飛んでいるのが見えた。

「シルヴィ！」

「止めてくれ！」

ジェラルドが命じると、すぐさま馬車が停止する。

キャナリーとジェラルドは、急いで馬車を降りた。

「きゅぴい！」

するとシルヴィも地上に降り立ち、甘えたような声で鳴いた。

「シルヴィ、どうしたの？」

すりすりと、ジェラルドとキャナリーに身体をすり寄せてくるシルヴィを、よしよしと二人で撫《な》でてやる。

わふわふの羽毛《うもう》からぴょこんとサラも顔を出し、「にゃおう」と鳴いた。

「ジェラルド、シルヴィとサラが一緒に帝国へ行くって言っているわ！」

「おお！　シルヴィ、サラ……。そうしてくれるのか、ありがとう」

嬉しそうにシルヴィを撫でるうちに、ジェラルドはモフモフの羽毛に包まれる。

そして、するりとその背に乗り、キャナリーに手を差し伸べた。

「キャナリー、おいで。シルヴィが乗せてくれるそうだ」

「えっ、乗るって、背中に？　ちょっと待っ……」

突然《とつぜん》の申し出にキャナリーは戸惑《とまど》ったが、どうぞ、というようにシルヴィのくちばしが優《やさ》しく肩に触《ふ》れてきて、それに促《うなが》されるようにして、ジェラルドの手を取る。

そうしてキャナリーがジェラルドの前に座ると、モフモフした大きな翼《つばさ》がバサッと羽ばたいた。

「だっ、大丈夫かしら。二人も乗ったら、シルヴィだって重いでしょう？」

「きゅっ、ぴいっ！」

任せてというように得意そうに鳴き、シルヴィはぐんぐんと上昇《じょうしょう》していった。

「きゃあああ」

怖がるキャナリーを、ジェラルドは落ちないように後ろからぎゅっと抱《だ》き締《し》める。

感じたことのない浮遊《ふゆう》感に怯え、思わずキャナリーはギュッと目を閉じてしまったのだが。

「キャナリー。目を開けて、下を見てごらん」

耳元で、ジェラルドに優しい声で言われて、キャナリーは恐《おそ》る恐る目を開けた。

その瞳に映った光景に、キャナリーは一瞬《いっしゅん》、感動のあまり絶句する。

大地には美しい緑が広がり、気持ちのいい風が頰を撫でた。

はるか遠くに、湾曲《わんきょく》した入《い》り江《え》が見え、海がきらきら光っている。

「……すごい……」

もう恐怖など忘れ、ただただ感激しながら、キャナリーは眼下を見渡《みわた》した。

「ああ、海と空ってどこまでも続いて、本当に大きくって広いのね。お日様に反射して、雲が綺麗《きれい》。まるで光る、真っ白な岩みたい。ダグラス王国が、すごくちっちゃく思えるわ」

振り向くと、ダグラス王国全体が見える。

ラミアの家がある森そのものは結構大きかったが、キャナリーの行動範囲《はんい》だけだと、ものすごく狭《せま》い部分だ。

キャナリーは「自分が世の中を知らない」ということをようやく知ることができた気がした。

これもジェラルドと出会ったおかげだ。

（世界って、本当に大きくて広いんだわ。もっと知りたい。見たことのない景色や、異国の人々の暮らし、音楽や踊《おど》り、それに食べたことのないお料理！）

「ジェラルド！　私、なんだかワクワクしてきちゃった。早くあなたの生まれた、グリフィン帝国に行ってみたい」

「俺も楽しみだよ、キャナリー！」

ジェラルドは銀髪《ぎんぱつ》を、風になびかせながらキャナリーを見た。

「きみと一緒に帝国に戻れるなんて。俺だけが知っている、素晴《すば》らしい景色の秘密の場所に案内したいし、約束どおり、帝国の名物料理も食べてほしい」

「嬉しい！　想像するだけでも、お腹《なか》が空きそう」

キャナリーはますます胸を弾《はず》ませて、満面の笑《え》みを浮かべた。

そんなキャナリーを、ジェラルドは眩《まぶ》しそうに見る。

「もちろん、一人で寂しく食べさせたりはしない。……さっきの話だけれど、ずっと一緒に食卓を囲んでほしいと思っているよ」

言いながらジェラルドは、シルヴィに摑《つか》まっているキャナリーの手に、片方の手を重ねてくる。

「わ、私もよ、ジェラルド……！」

至近距離《きょり》で見つめ合い、キャナリーの頬が熱を持ち始めた。

と、ふいにバッサバッサと、大きくシルヴィが翼を羽ばたかせる。

「きゅぴいいい！」

サラも羽毛から顔を覗かせて、んにゃおお、と甘い声で鳴く。

えっ、とキャナリーはその声に耳を傾《かたむ》け、ジェラルドに言った。

「あのね、ジェラルド。シルヴィとサラが、私の歌を聞きたいみたいなの。歌っても、いいかしら」

それはいい、とジェラルドは微笑んだ。

「俺も聞きたいな、キャナリー」

と、下のほうで何やら誰かが、叫《さけ》んでいるらしいのが耳に入った。

「ちょっと、ジェラルド様、キャナリーさーん！　私を置いていかないでくださいよ！　馬車をどうする気ですか～！」

どうやらアルヴィンの声らしかったが、遠すぎて聞き取れない。

「気にしなくていいよ、キャナリー。もうしばらく空の散歩を楽しもう」

キャナリーもクスッと笑って、うなずいた。

「じゃあ、歌うわね。何がいいかしら」

キャナリーは考えたが、即興《そっきょう》で今の気持ちを歌うことにした。

世界の広さと美しさ。

そしてジェラルドと一緒に食べる、お料理の素晴らしさ。

味よりも量よりも、大切な人と食卓を共にする嬉しさを讃《たた》える歌だ。

ジェラルドの温《ぬく》もりに包まれながら、穏《おだ》やかな気持ちでキャナリーは歌い出す。

そうするとなんだか、自分が大空を飛ぶ鳥になり、さえずっているような気持ちになったのだった。

END

あとがき

第四回ビーズログ小説大賞・特別賞をいただきました、もよりやと申します。

このたびは応募《おうぼ》作が本になって、本当に嬉《うれ》しいです！

とても楽しく書きましたが、いろいろと拙《つたな》い部分もあり、編集様と一緒《いっしょ》に考え、修正し、無事に出版の運びとなりました。

自分の頭の中にだけあった世界が、様々な書籍《しょせき》に混ざって書店に並ぶというのは、なんだか夢を見ているようで、想像するだけでワクワクします！


イラストは、茲助《ここすけ》先生が担当してくださいました。

頭の中にいたキャラクターに姿を持たせていただいて、しかも可愛《かわい》らしくかっこよく、とにかく嬉しいの一言です！

茲助先生、ありがとうございました！


そしてこの作品は、コミックビーズログ賞もいただくことができました。

コミカライズの連載《れんさい》もスタートしております！

こちらは、すずむし先生に担当していただきました。

小説を楽しんでくださった方は、ぜひともコミックも読んでほしいです！

このたび受賞、書籍化に至ることができたのは、担当様、校正様、デザイナー様など本当にたくさんの方々のご協力のおかげです。

そして最後になってしまいましたが、何より読者のみなさまに感謝しています！

本当にありがとうございました！

もよりや

※本書は、二〇二一年にカクヨムで実施《じっし》された「第四回ビーズログ小説大賞」で特別賞とコミックビーズログ賞を受賞した『追放のゴミ捨て場令嬢《れいじょう》は手のひら返しに呆《あき》れつつ、おいしい料理に夢中です。～求婚《きゅうこん》してきた王子をひっぱたき、帝国《ていこく》皇子とともにいきます！～』を加筆修正したものです。